Edgarda Ferri

PER AMORE

MONDADORI

Dello stesso autore

Nella Collezione Le Scie
Maria Teresa
Giovanna la Pazza
Io, Caterina

Il nostro indirizzo Internet è:
http://www.mondadori.com/libri

ISBN 88-04-45697-3

I edizione ottobre 1998

PER AMORE

Nessuno ha dormito, questa notte. Aspettavamo in piedi, pregando, e non era ancora l'alba quando i soldati di Sigeri ci hanno ordinato di spalancare il portone. Sono entrati nel monastero a cavallo, hanno montato le tende nel cortile, hanno acceso i fuochi davanti alla chiesa. L'odore della cipolla e del lardo arrostito umiliava le rose del nostro chiostro. Con inaudita arroganza, un uomo armato ha lanciato sullo scrittoio della badessa il decreto papale che riconosce l'abate di St-Denis padrone assoluto di questo luogo. Amico d'infanzia e consigliere di re Luigi VI di Francia, Sigeri è dunque riuscito a dimostrare che anche l'abbazia dell'Argenteuil gli appartiene. Abbiamo l'ordine di sparire prima del tramonto: e non importa dove andremo.

Sfuggendo al controllo dei soldati, sono tornata per l'ultima volta nel refettorio del monastero. Col cuore che mi balzava in gola, ho brancicato e baciato l'angolo dove, rotolando a terra fra gli stipi e le panche, un giorno ci siamo ghermiti e amati. Eri venuto all'Argenteuil per incontrarmi in segreto, la badessa ci aiutò a rimanere da soli. Lacerato e sudato, il saio che mascherava il mio stato di sposa era caduto fra i nostri corpi avvinghiati. Allacciate per mano, le ignare novizie giravano intorno alla fontana del chiostro tessendo lievi passi di danza e coprendo coi canti del ringraziamento i nostri estremi spasmi d'amore.

Verso sera, quasi fuggendo, abbiamo lasciato Argenteuil. Cacciate come malfattrici, e con la violenza. Del resto, Sigeri ha giustificato l'espulsione dal monastero sparlando della nostra condotta: avremmo commercio delle nostre carni con monaci e abati, saremmo indegne di chiamarci sorelle del Signore. La badessa non ha voluto seguirci: si è spersa, è andata altrove, sta probabilmente elemosinando ospitalità nei conventi vicini. Siamo rimaste in poche. Tutto quello che possediamo sta sulle nostre spalle e fra le nostre mani: la nera tunica di lana cotta, il bianco velo di lino, la cintura di cuoio, il mantello foderato di pelo di pecora, il libro dei Salmi. Fra le pieghe del saio ho nascosto un rotolo di pergamena, un calamo, un vasetto di cinabro. Mi serviranno per scriverti.

Andando, la carretta geme e sobbalza. Accovacciate sul fondo, ora non siamo che stremati mucchietti di stoffa gualcita, e sudore. La stanchezza ha paralizzato le nostre labbra e seccato i nostri occhi. Abbiamo smesso di piangere e di pregare insieme. Io sola non provo dolore. Io sono felice perché, alla fine di questo viaggio, ti rivedrò.

Chi conduce questo carro attraverso le pianure dei franchi non sa dirmi quanto tempo occorrerà per raggiungerti nella piatta e desolata valle della Champagne. Alluvioni e briganti ci renderanno il cammino difficile, ma nessuno fermerà o devierà il nostro percorso. Abbiamo incontrato schiere di cavalieri con alti cimieri di piume, e armature di argentea maglia leggera coperte da colorati mantelli. Seguiti da giullari e commedianti, donne bellissime e carri colmi di vino, erano diretti alle fiere di Saint-Denis, di Provins, di Troyes, dove sempre più numerosi si vanno organizzando i tornei. Come saprai, a questo nuovo «gioco a battersi senza spargere sangue», difeso dai principi, si oppone ostinatamente il monaco Bernardo di Chiaravalle che con sprezzo condanna i nobili contendenti dai «capelli lunghi come quelli delle donne, le mani nascoste in maniche tanto larghe quanto lunghe, vanitosissimi...».

Viaggiamo in carovana. Al tramonto, il nostro carro sosta dentro il recinto di legno che difende i casolari dei contadini dai ladri e dai lupi. Capita di trovare un rifugio anche addosso alle mura di un castello, nei pellegrinai dei monasteri, e all'ombra dei portici delle chiese circondate dai cimiteri dove si ammassano i penitenti, convinti di ottenere il perdono di Dio coricandosi accanto alle reliquie di un martire o un santo. Accendiamo i fuochi per cuocere rape sotto la cenere, bollire fave nel latte, friggere cipolle, cavoli, pesci, un pollo, un porco. C'è sempre qualcuno che canta, per consolarsi. Talvolta, sono invitata a intonare un'orazione corale. Dopotutto, col mio titolo di priora, secondo soltanto a quello di badessa, rappresento la comunità delle monache espulse dal convento dell'Argenteuil da un vescovo ingiusto e arrogante.

Dopo la preghiera, il silenzio piomba sui nostri carri coperti da pesanti teli incerati. Legati intorno all'abbeveratoio, ruminano anche nel sonno i buoi dalle terga gigantesche, grondanti sterco e sudore rappreso. E mentre gli altri dormono e sognano, la mia memoria si sveglia e torna a correre libera. Ti rivedo, mi rivedo a Parigi. La città del nostro amore e della nostra rovina.

Ti aspettavamo. E anche tu desideravi incontrarci. Pensavamo di saper tutto di te, ti consideravamo assai più di un maestro. Eri l'eroe, il modello di ogni studente. La nostra leggenda.

Chi ti aveva già visto e ascoltato, raccontava che eri bello, elegante e brillante. Un bretone nomade e inquieto di trentott'anni, nativo di Pallette, non lontano dall'antica cittadina di Nantes. Istruito nelle lettere, la musica e l'arte da tuo padre Berengario, avevi rinunciato alla carriera di cavaliere e soldato per continuare a studiare. In cambio della libertà, avevi ceduto l'eredità e il diritto di primogenitura ai tuoi fratelli Rodolfo e Dagoberto. Sapevamo che, ancora adolescente, avevi fatto parlare di te per l'audacia con cui applicavi l'arte della dialettica al discorso teologico, cercando di raggiungere la verità attraverso la logica, il confronto, la disputa. E per il nuovo modo di impostare i problemi, l'entusiasmo con cui lavoravi, il travaglio intellettuale, l'intraprendenza e l'audacia, eri conosciuto come un «ortodosso ribelle». Lucido, affilato come una lama da combattimento.

Il tuo arrivo nella scuola della cattedrale dell'Ile di Parigi era stato annunciato da stormi di colorati giullari e sbrindellati mendicanti, appostati già all'alba ai due capi del ponte e agli angoli delle strade. In un lampo, schizzando fuori da quella parte del chiostro adibito a scuola che chiamavano «trissantia», gli studenti avevano invaso tutti i vicoli e le viuzze pietrose attorcigliate intorno alla cittadella. Di bocca in bocca si era già diffusa la voce che, su un cavallo tenuto per la briglia dai tuoi futuri discepoli, avvolto in un mantello di lana ruvida e scura, il cappuccio sugli occhi e una sacca di cuoio colma di libri legata al grembo, avevi oltrepassato il Grand Pont ancora tutto di legno e già invaso dai mercanti stipati davanti alle botteghe del cambio. Gli studenti cantavano, e per la gioia lanciavano in aria i berretti, i libri, le sciarpe, distendendo sul selciato fangoso le loro cappe di velluto verde, rosa, turchino, affinché tu varcassi la soglia della nostra scuola con la gloria di un principe.

Stavo alla finestra, eccitata come tutti, e forse anche di più. Avevo trascorso l'infanzia e l'adolescenza nel monastero delle benedettine di Argenteuil, dove mi erano stati insegnati il latino, il greco e l'ebraico. Lo zio Fulberto, chierico e canonico di Notre-Dame, mi chiamò a Parigi perché frequentassi gli studi di teologia. Dividevo con lui una casetta del Capitolo dalla spessa base di sasso, il tetto di legno, l'arredo spartano: stoviglie di coccio decorate di blu, paglie-ricci distesi su una pedana, il camino rotondo al centro della cucina. Attratta soltanto dai libri, mi avevano sempre lasciato indifferenti le dame che venivano a far visita alla nostra badessa. Fluttuanti dentro lunghe tuniche ricamate d'argento, le maniche larghe a campana, i capelli intrecciati con perle e diamanti, le vedevo avanzare con esasperante lentezza su scarpini di seta incrostati di pietre preziose e foderati di pelliccia, stringendo al cuore cani minuscoli dal pelo livido e liscio la cui sorte era quella di finire scolpiti ai piedi delle pietre tombali delle loro padrone: e mi parevano bambole. Io amavo lo studio. E quando lo zio si era offerto di pagare le mie lezioni private alla scuola di Notre-Dame, simile a un eccitato levriero ero partita per Parigi: città luminosa, chiassosa, affollata di scolari e maestri, fonte oramai leggendaria di ogni seduzione intellettuale, fucina arroventata di idee dove le contorte meditazioni degli spiriti affascinati dalla filosofia si mescolavano alla dannazione procurata dai piaceri del vino e delle donne. Avevo sedici anni quando, ai miei occhi di ragazza che nulla aveva mai visto oltre gli umidi muri del monastero, dal terreno fumigante e nauseabondo era apparsa la città ancora frammentata, ma vasta.

Il vero cuore di Parigi era nella Cité, sopra l'isola bislunga e rocciosa emersa in tempi antichissimi fra due rami della Senna e collegata alla terraferma con due ponti di legno. Di fianco alla chiesa di Santo Stefano le pecore pascolavano libere fra i ruderi della nuova cattedrale di Notre-Dame, distrutta dai Normanni duecento anni prima. Accanto alla scuola del Capitolo, in un groviglio di affollatissimi vicoli si stringevano le case di pietra dei canonici e le abitazioni in legno brunito dagli incendi e dal tempo riservate agli studenti. Oltre un bosco fittissimo e circondato da un'alta muraglia, svettavano le torri cilindriche e gli azzurri stendardi gigliati del palazzo reale, raramente abitato da Luigi VI Capeto che, alla caotica Parigi, preferiva l'isolotto di Melun, alla confluenza fra la Marna e la Senna. Gonfia di anguille e di trote. E verde. Verdissima.

Disboscato, prosciugato, bonificato, il territorio che circondava l'Ile appariva ondulato e quasi interamente coltivato a vigneto. Sulla collina costellata dai ruderi delle gigantesche terme romane, svettava il campanile quadrato della chiesa di Ste-Geneviève. Da una scura macchia di alberi emergeva la torre massiccia della basilica più antica di Parigi, sepolcro del vescovo e santo Germaine. Attratti dalla comodità offerta dai ponti e dai battellieri, i mercanti si erano sistemati sulla riva sinistra della Senna. Lungo lo stento affluente conosciuto col nome di Breve, si distendevano i borghi di Saint-Médard, Saint-Marcel, Saint-Victor. Le bonifiche stavano prosciugando il terreno anche sulla destra del fiume. Per ordine del re, il vivace mercato di animali, sementi, armi, stoffe, utensili e servi, che prima occupava la piazza del Greve, era stato trasferito lungo la grande strada romana dove si addensavano le nuove botteghe e i nuovi palazzi, diretta al monastero di St-Magloire, all'ospedale dei lebbrosi di St-Lazare, e alla grandiosa abbazia di St-Denis, necropoli di re e regine, principi e principesse.

La notte che era seguita al tuo arrivo, per l'eccitazione non avevo dormito. Non riuscivo a figurarmi il giorno in cui, sollecitata dal tuo sguardo imperioso, avrei potuto rivolgerti la parola. E mentre, a causa dell'insostenibile attesa aspettavo l'alba schiacciata sul letto, ripercorrevo la tua non facile vita, resa ancora più affascinante dalla mia immaginazione di ragazza inesperta, e ardentissima.

Famoso per intelligenza e acutezza, già si sapeva tutto anche del carattere aggressivo, polemico e impietoso di Pietro di Berengario, da tutti conosciuto come Abelardo.

A quindici anni avevi lasciato le scogliere dell'Atlantico e ti eri diretto al nord della Francia, che per te voleva dire soltanto quest'isoletta arroccata su una curva dolce di fiume dove, sotto la giurisdizione diretta del vescovo di Parigi, il sapere era affidato a chierici o monaci che miravano soprattutto a formare ecclesiastici di rango elevato.

Mentre studiavi nelle scuole di Tours e di Loches, il celeberrimo Roscellino da Compiègne ti aveva avviato alla dialettica e allo studio delle sette arti liberali. Ascoltavi, e senza freni né soste dalla tua mente irrequieta zampillavano audaci teorie, provocatori pensieri. Testardamente impegnato nel progetto di demolire i venerati sapienti arroccati su pensieri antiquati, da te definiti con sprezzo «intoccabili idoli», pretendevi di aver sempre ragione: e dopo risse accanite intorno a importanti questioni teologiche, e dispute pubbliche tanto affollate da gremire le piazze principali della città, ti eri clamorosamente separato dal tuo altrettanto caparbio maestro.

Ti credevi il più grande. E avevi vent'anni quando arrivasti per la prima volta a Parigi per ascoltare il famoso arcidiacono Guglielmo di Champeaux, come te bretone e inquieto, che teneva lezioni sotto le volte del chiostro della scuola di Notre-Dame. Per aver diritto allo studio, allora consentito soltanto ai chierici, ti eri fatto diacono minore. Attirate dalla tua parola brillante e dalla tua intelligenza polemica, accorrevano alle vostre dispute folle di uditori eccitati. L'uomo gode un particolare e perverso piacere assistendo al duello, sia pure verbale, dove il vinto è costretto a prostrarsi nella polvere della sua debolezza. Abbandonata la spada per i libri, Abelardo era pur sempre un guerriero. Se per amore dello studio aveva tradito la professione delle armi, il biondo cavaliere bretone non aveva tuttavia rinunciato a costellare il suo cammino di dotti vegliardi annientati sul campo di battaglia del suo acuminato pensiero.

L'invidia di chi non riusciva a tenerti testa – eri quasi un ragazzo, e l'ultimo degli arrivati – ti rendeva odioso. Del resto, non facevi mai niente per risultare simpatico ai tuoi avversari: e tu dovevi saperlo che al giovane non si perdona di avere aspirazioni da adulto. Cocciuto e sicuro di te, fin da allora volevi soprattutto insegnare. Ma dal momento che era nel suo potere, l'offeso Guglielmo ti aveva negato la licenza necessaria.

Avevi comunque aperto una scuola a Melun, oscurando rapidamente tutte le altre.

Avevi ventidue anni quando cominciasti a diventare famoso. Disposti a semicerchio su sgabelli di legno, studenti provenienti da ogni parte d'Europa, e appartenenti a tutte le classi sociali, avevano finalmente ascoltato Abelardo parlare dalla sua cattedra alta e scolpita nel legno, raccogliendo alla fine di ciascuna lezione la «colletta»: il compenso in monete d'oro e d'argento che si usava consegnare al maestro dentro una sacca di cuoio con le frange di seta.

Da Melun ti eri spostato a Corbeil, ancora più vicina al chiostro di Notre-Dame di Parigi, da dove volevi farti sentire. Ma dal borgo romano dominato dal poderoso monastero di St-Spire un giorno eri improvvisamente sparito. A causa dello studio eccessivo, alcuni dicevano; o forse, come sono più propensa a credere, per quella forma depressiva che anche in seguito avrebbe straziato la tua esistenza, eri stato costretto a tornare in Bretagna per riposarti e curarti. Ti aspettavano l'amatissima madre Lucia, e l'adorante sorella Dionigia.

L'anno seguente, come un segugio che anche lontano aveva serbato intatto nelle narici frementi l'odore della sua preda, eri tornato a Parigi per seguire i corsi di retorica tenuti da Guglielmo di Champeaux. La tua arrogante sapienza aveva resistito pochissimo, e nel corso di una storica disputa costringesti il tuo vecchio maestro a modificare la dottrina per la quale era diventato famoso. La sua vergognosa sconfitta ti elevò definitivamente al rango di vero filosofo. La cattedra parigina alla quale tenevi sopra ogni cosa, ti era però stata ancora una volta negata.

Alcuni maestri avevano aperto in quel tempo le loro scuole fuori dalla giurisdizione dell'Ile di Parigi, spostandosi sulla riva sinistra della Senna. Audaci e indipendenti, si erano inseriti nel tessuto cittadino attirando gli allievi nelle loro case e nei chiostri, e animando di clamorosissima vita i borghi costruiti intorno ai monasteri e alle chiese. E avevi trentaquattro anni quando finalmente riuscisti a salire i muschiosi gradini che conducevano alla cima del colle di Ste-Geneviève. Per te, gli studenti avevano abbandonato i loro precettori. Non c'erano più posti per dormire e per mangiare. Insegnavi all'aperto, fra i vigneti che ricoprivano la collina di verde e di rosso. Ma il tuo sguardo correva insistente oltre il fiume, sull'isola della Cité. Era alla scuola della cattedrale che volevi arrivare. Era il cuore più sfolgorante e palpitante della teologia che Pietro Abelardo, che non era teologo, voleva conquistare attraverso la logica e la ragione.

Il destino, però, aveva stabilito che non ti fosse concesso di vivere in pace, occupandoti soltanto dello studio e della tua scuola. Tuo padre, un militare che aveva sempre amato i libri più delle armi, aveva da tempo indossato il saio e il cappuccio benedettino. Ora, anche tua madre aveva chiesto di finire i suoi giorni in un monastero. In quanto primogenito, eri stato richiamato in Bretagna per sistemare i tuoi fratelli e trovare marito a tua sorella.

Rimettesti piede in Francia all'età di trentacinque anni. Guglielmo di Champeaux era stato nominato vescovo di Châlons-sur-Marne. La cattedra di Parigi era libera. Ma il pesante portone di ferro chiodato che difendeva l'isola sulla Senna rimaneva ancora una volta sbarrato davanti al tuo sogno. «L'invidia è come il vento, che le cime più alte più scuote» avevi ripetuto citando amaramente l'amatissimo Ovidio. Tornato scolaro, andasti a Laon per ascoltare Anselmo, ritenuto la massima autorità in materia teologica, che insegnava alla scuola della cattedrale insieme a suo fratello Raul. Ma bastò un attimo perché tu esprimessi un giudizio spietato: «Da lontano, il suo albero tutto coperto di foglie attira lo sguardo; ma quando lo si osserva un po' più da vicino, e con più attenzione, ci si accorge di quanto sia sterile. Se ci si accontenta di ascoltarlo, sembra ammirevole. Ma se gli rivolgi domande, rivela la sua nullità. È capace soltanto di esprimere banalità e insensatezze. Affascinante per il modo di parlare, spregevole per l'intelligenza, vuoto per la ragione. La sua fiamma affumica la casa, invece che illuminarla». Disertavi le lezioni e provocavi i compagni, diffondendo teorie contrarie a quelle del vecchio maestro. Era dunque prevedibile che ti impedisse, anche lui, di aprire una scuola.

Ma ora, finalmente, eri qui. E oltrepassando le mura che cingevano l'Ile, fiero e sicuro di te, ti consideravi l'unico filosofo della terra.

Il giorno seguente Eloisa incontrò Abelardo, e negli occhi del bretone la giovane donna vide guizzare l'oceano magnifico, inesauribile fonte di vita e implacabile divoratore di uomini, che fra le piogge, le tempeste e le maree furibonde scolpisce le coste di granito durissimo in blocchi somiglianti a mostruosi animali preistorici, gole vertiginose, archi ed estuari selvaggi. Ma al di là delle rosse scogliere, appena alle spalle delle spiagge di bianche conchiglie e di friabile bionda arenaria, ecco aprirsi e allargarsi d'incanto un paesaggio dolce, ondulato, verde, gentile, profumato di rododendri e di ortensie, di eucalipti, mimose, camelie. E non c'è più vento, non infuria mai la tempesta.

Mi bastò ascoltarti una volta. La tua parola mi penetrò come una fiamma luminosa e compatta, incendiando il mio cuore. Molti anni dopo, in una lunga e dolentissima lettera indirizzata a un amico, così parlasti di me: «Viveva allora a Parigi una fanciulla di nome Eloisa. Era coltissima, e questa sua dote, tanto rara nelle donne, le conferiva una particolare attrattiva e le aveva già dato una certa fama in tutto il regno. Non ultima per bellezza, superava tutte per la sua profonda cultura».

Iniziava così la nostra storia d'amore.

Eri un chierico. Ma tu stesso ammettevi che, travolto dalla lussuria, in quel momento eri in preda a un violento e impellente desiderio di donna. «Trovando in Eloisa le qualità che solitamente attraggono gli amanti» avevi scritto al tuo amico «pensai di iniziare con lei una interessante relazione. Ero sicuro che niente mi sarebbe stato più facile. Avevo allora una tale fama e un tale fascino, che non temevo di essere rifiutato da qualsiasi fanciulla cui mi fossi degnato di offrire il mio amore.»

Gli spiegavi che in me avevi individuato «colei che più corrispondeva ai tuoi desideri e bisogni». Volevi una donna intelligente, capace di comprendere le tue esigenze di irrequieto e vagabondo intellettuale, che non si sentisse abbandonata durante le tue assenze; anzi, che fosse in grado di starti vicino con lettere e pensieri: «Di Eloisa, conoscevo la passione per gli studi letterari e pensavo che, anche quando non ci fosse stato possibile vivere insieme, scrivendoci avremmo potuto sentirci l'uno accanto all'altra, dicendoci anche quello che, a parole, probabilmente non avremmo mai confessato». Avevi dunque fatto bene i tuoi piani scegliendo la trepida adolescente che ti seguiva con una passione ormai irrimediabilmente tradita dal tremore delle mani, il fremito della voce, lo sperdimento degli occhi.

Ma tu, in verità, che cosa provasti per me, nell'istante preciso in cui decidevi di prendere tutta la mia innocenza, tutta la mia giovinezza? Ti intenerì la mia dedizione? Ti travolse il desiderio della mia carne intatta?

«Tutto preso dall'amore per Eloisa» avevi scritto ancora «studiai il modo di avvicinarla e di intrecciare con lei rapporti quotidiani e familiari, così da farmela amica e indurla più facilmente a cedermi. Comuni conoscenze mi aiutarono a mettermi in contatto con suo zio Fulberto, dal quale ottenni di farmi ospitare come pensionante nella sua casa all'interno del recinto della cattedrale e vicina alla scuola. Non facevo questioni di prezzo e, come scusa, avevo spiegato che il pensiero di dovermi occupare personalmente di una casa avrebbe nuociuto ai miei studi. Fulberto era avido di denaro, e inoltre desiderava moltissimo che sua nipote si perfezionasse nelle discipline letterarie. E tanto teneva alla sua educazione, da facilitarmi la strada affidandomi in tutto e per tutto la giovinetta Eloisa affinché, in ogni momento libero dagli impegni scolastici, io mi occupassi della sua istruzione: di giorno e di notte.»

Entrasti nella nostra casa in questa maniera facile, e cinica. Ma io ero felice. Nell'angolo più caldo e riparato della stanza ho disteso per te il pagliericcio più morbido. Fui io, trepidante, a porgerti la coperta, la brocca per l'acqua, il lume per la lettura notturna. Cenavi alla nostra tavola. I nostri sguardi si incrociavano, le nostre dita si sfioravano. La mia mente era confusa, tremava e vibrava. La mia voce era sempre più fioca, sfinita. Lo zio mi aveva deposto nelle tue mani già pazza di te. «Nel caso Eloisa non fosse stata abbastanza studiosa» spiegavi nella lettera all'amico, che per me sarebbe sempre rimasto sconosciuto, «avevo avuto dal canonico persino il permesso di percuoterla. E non potevo fare a meno di stupirmi della sua ingenuità: era come se avesse consegnato una tenera agnella a un lupo affamato. Affidarmi la ragazza per istruirla, darmi persino il permesso di batterla: non equivaleva forse a concedere piena libertà ai miei piani, fornendomi l'occasione di piegare con le minacce e le percosse Eloisa, nel caso non fossero bastate le mie lusinghe e le mie carezze?»

Divampò la passione. Ci amavamo dappertutto, in ogni momento. Pensavamo soltanto a noi due. Con la scusa che dovevamo studiare, dopo le lezioni pubbliche restavamo da soli a lungo, indisturbati. Subito mi coprivi di carezze, di baci. Avevamo sete e fame di noi. Non riuscivamo a staccarci. E non credevamo a tanta fortuna. Sbalordito, tu non sapevi come spiegare il tuo entusiasmo, insolito in un uomo già avanti negli anni. «Siamo vivi, stiamo forse sognando?» balbettavi sulle mie labbra. Leggevo nei tuoi occhi una luce irrequieta, discontinua, del tutto diversa da quella ferma e compatta che incendiava il tuo sguardo quando insegnavi. Un lume a volte trepido, a volte eccitato. Come se tu volessi tenerlo acceso a ogni costo, a dispetto di tutto. E come se tu sapessi che un giorno, e bastava volerlo, avresti potuto spegnerlo.

Furono ore, giorni, settimane, mesi di assoluta e incomparabile felicità. Aprivamo un libro: ma più che di filosofia, parlavamo d'amore. Il mio corpo aveva acceso i tuoi sensi. I nostri baci erano più numerosi e fitti delle tue spiegazioni. Le tue mani correvano più spesso sul mio seno che sui nostri libri. L'amore attirava i nostri occhi più di quanto la lettura non li portasse sulle pagine. Eravamo sconvolti dal desiderio. Il nostro amore era ormai sotto gli occhi di tutti. Durante le lezioni e le dispute, non potevamo più nascondere l'intensità dei nostri sguardi, il rossore del mio viso mentre mi rivolgevi la parola, le infinite fantasiosissime scuse che sapevamo trovare per sfiorarci e toccarci, anche in pubblico.

Eri un chierico ancora libero ma già votato alla carriera ecclesiastica, la sola che ti avrebbe permesso di vivere da vero maestro. Per allontanare i sospetti, talvolta mi battevi rimproverandomi e insultandomi. Complice consenziente del tuo inganno, a mia volta piangevo a voce alta per farmi sentire dai vicini. Loro non potevano immaginare che a farmi gemere non era il dolore, ma l'amore; che era la tua tenerezza, non l'ira, a infliggermi quelle percosse: e tutto questo per me era più dolce di qualsiasi prezioso balsamo. Impavidamente, spavaldamente, in poche settimane attraversammo tutte le fasi della passione. E se in amore si poteva inventare qualcosa di nuovo, noi due lo inventammo. Non eravamo mai sazi. Il piacere provato era tanto più grande, perché non lo avevamo mai conosciuto. Non una fra le donne di nobile stirpe o di alto rango, avrebbe potuto sostenere di avere, non dico superato, ma almeno eguagliato la felicità della giovanissima Eloisa.

Stava intanto accadendo qualcosa di inatteso, e terribile. L'uomo che aveva lottato per affermare il suo audace pensiero, l'intrepido intellettuale che aveva impiegato tutta la sua esistenza a pensare, scrivere, discutere, provocare, ora non trovava più tempo per gli studi. Eri stravolto da una fame torbida e insoddisfatta del tuo corpo logorato dalle fatiche e dagli anni. La passione ti fiaccava al punto che non riuscivi ad affrontare l'impegno scolastico e restare per qualche ora lontano da me. Confuso, mi confessavi di essere sempre stanchissimo. E come poteva essere altrimenti. Di notte, stavamo svegli ad amarci. Di giorno, dovevamo almeno un poco studiare. Del tuo smarrimento, dello sperdimento in cui ti aveva abbandonato l'amore, io ero felice: una bambina eccitata dalla trasgressione che compiva in segreto, e con te.

Nella lettera indirizzata al tuo amico, anche tu hai saputo spiegare benissimo come la passione per Eloisa ti avesse privato di qualsiasi interesse per l'insegnamento, che finora era stato il massimo delle tue aspirazioni: «Senza entusiasmo, tenevo lezioni sciatte, frettolose. Mi limitavo a ripetere quello che avevo trovato in passato. Ormai non dicevo più nulla per virtù del mio ingegno, tutto mi usciva di bocca solo grazie alla mia lunga pratica. E se mi accadeva di creare qualcosa di nuovo, non si trattava certo di teorie filosofiche, ma di canzoni d'amore». Nei giorni della nostra passione avevi composto per me i *Carmina amatoria,* che subito erano diventati popolarissimi. Li sentivo cantare dappertutto. Andavo fiera della minuziosa descrizione dei nostri baci, della setosità del mio corpo, della rotondità del mio seno, delle nostre ardite carezze.

Come in uno specchio illuminato dal sole, Eloisa vedeva se stessa, amatissima amante, attraverso le canzoni di Abelardo. E più per orgoglio che per vanità, avrebbe voluto alzarsi, e danzando con le braccia spalancate e la gola riversa gridare che gli appassionati e brucianti canti amorosi erano stati scritti per lei.

Alla scuola della cattedrale tenevi lezioni di logica e di teologia. Commentavi Ezechiele e avevi iniziato a lavorare sulle glosse di Porfirio. E nonostante la stanchezza il tuo successo era enorme, l'affluenza sbalorditiva. Non avevi rivali. Con te, Parigi era diventata un centro culturale di importanza incomparabile. Il denaro entrava nelle tue tasche con facilità. Eri diventato ricco.

Ma gli studenti si accorsero presto che nel tuo cuore era accaduto qualcosa di grave, e non tardarono a scoprire la verità. Del resto, bastava seguire i nostri sguardi: non avevamo occhi che l'uno per l'altra. Costretti a prendere abito e voti monastici per avere diritto allo studio, inaspriti per aver seppellito nel profondo del cuore il loro desiderio di vita e di libertà, soprattutto i chierici odiavano Eloisa, perché Eloisa li aveva privati dell'unico consentito piacere: l'esclusiva presenza del loro grande maestro. Niente può infatti scatenare l'ira di chi possiede una creatura in comune con altri, quanto sapere che invece appartiene a una sola persona. Contro di te, contro di noi, fu ordita una congiura. I goliardi che per ascoltarti si mantenevano con miserabili espedienti facendo i buffoni e gli acrobati per le strade, i garzoni degli osti e dei lupanari, i portaborse, le spie dei potenti; i ragazzi poveri e dotati che si erano fatti chierici per avere la scuola gratuita; i giovanissimi nobili giunti da lontano solo per seguirti: ebbero paura di perderti, e ti denunciarono allo zio. Gli raccontarono che mi avevi sedotto, e che la nostra passione era oramai sulla bocca di tutti attraverso le canzoni che si erano diffuse fino ai più lontani confini di Francia.

In un primo momento, Fulberto sembrava non aver capito. Convinto che l'amore per la filosofia e la cultura avesse oramai spento ogni altro tuo desiderio, si ostinava a crederti casto, innocente. Assediati dai pettegolezzi e le chiacchiere, in pubblico noi ci eravamo fatti più attenti, continuando tuttavia a cercarci e ad amarci nel silenzio e nel buio della sua casa. Troppo spesso, però, la passione ci rese incauti e audacissimi. In poco tempo, anche lo zio fu costretto a spalancare gli occhi. E come sempre succede quando c'è di mezzo una donna, ci toccarono in sorte due misure e due pesi. A te, fu imposto semplicemente di trovare immediatamente un altro alloggio. Io, fui punita. Lo zio non mi lasciava più sola. Mi era diventato impossibile ascoltarti e incontrarti. Uscivo soltanto accompagnata e scortata.

Il tempo del dolore e della disperazione era arrivato troppo in fretta. Mentre nessuno di noi due pensava a se stesso, ma piangeva soltanto la disgrazia dell'altro, non riuscivamo ad accettare che qualcuno tentasse di strapparci dai nostri abbracci. La separazione dei nostri corpi aveva unito ancora più saldamente i nostri cuori. L'impossibilità di soddisfare il nostro amore li aveva incendiati, se così si può dire, ancora di più. Fu allora che imparai ad attenderti. Un'arte cara alle donne, e che finora non avevo mai conosciuto. Prigioniera nella casa dello zio, aspettavo di sentire, ogni notte, i tuoi versi d'amore scaturire dal buio sotto la finestra della mia stanza. Non seppi mai se a cantarli eri tu, camuffato da menestrello o giullare, oppure gli invidiosi e maliziosi studenti che ci avevano denunciato a Fulberto perché non volevano perderti. Attendevo quel momento come un fiore attende la luce, per aprirsi al primo baluginare del giorno e spalancarsi, poco dopo, al calore del sole.

Il dolore della separazione mi aveva reso indifferente allo studio. L'amore inappagato mi aveva annebbiato la mente. Come te, anch'io credevo che il possesso dell'altro fosse più importante di tutto.

Non aprivo più un libro, trascuravo gli amatissimi poeti greci e latini. Ore e ore da sola, prigioniera dentro la stanza dove ci eravamo desiderati e amati, mentre gli insolenti goliardi cantavano le delizie del mondo fino all'oscenità. Ogni verso, ogni nota, esaltava i piaceri del sesso, del vino, del gioco: «Voglio morire all'osteria, dove il vino sia vicino alla bocca del moribondo». Mi torcevo dal desiderio.

Separati con la forza, innamorati ancor più di prima, pur di rivederci eravamo pronti a qualsiasi azione spericolata. La consapevolezza dell'irrimediabilità dello scandalo ci aveva reso insensibili allo scandalo stesso. Del resto, il senso di colpa ci pareva tanto più lieve quanto più dolce era il possesso reciproco. Riuscivamo, talvolta, a incontrarci di notte. In silenzio, come ladri, ci amavamo in ogni angolo della casa, avvinghiati come cani in calore.

Ma Eloisa non immaginava che quell'amore che aveva fatto di Abelardo il più felice degli uomini gli sarebbe parso ben presto insostenibile. Ancora ansimante, palpitante, gemente, dopo l'amore mi fissavi con gli occhi di un naufrago che implora chi gli tende la mano perché lo tenga stretto fino a quando non sarà riuscito a toccare la riva. Accecata dalla passione, io non avevo neppure lontanamente intuito che mi stavi supplicando di amarti almeno fino al giorno in cui tu non fossi stato in grado di riprenderti la libertà che avevi perduto incontrandomi. Un narciso che si specchiava beato nell'amore che aveva provocato nella giovane Eloisa. Tu, non mi amavi. E fin da allora sapevi che un giorno saresti riuscito a fare a meno di me.

Ero incinta, e ne ero felice. Ma subito ti avevo informato che non avrei esitato a fare qualsiasi cosa tu mi avessi ordinato. Decidesti di rapirmi. Mi avevi scritto di tenermi pronta, io stessa ti suggerii come avresti potuto distrarre lo zio allontanandolo per un poco dalla nostra casa a ridosso del Capitolo di Notre-Dame. Galoppando sulla groppa di un solo cavallo, risalimmo il territorio dei franchi per raggiungere la tua selvaggia Bretagna. Era la prima volta che vedevo davvero il mondo com'era. Incrociammo processioni di pellegrini scalzi, il cappuccio sugli occhi e un lungo bastone sormontato da una conchiglia, diretti al santuario spagnolo di San Giacomo di Compostela. Ci mescolammo ai chiassosi cortei dei nobili, dei vescovi, del re: soldati, cavalli, stendardi e tamburi in schiere tintinnanti e impettite che, sul finire, si sfaldavano in frotte di mendicanti, avventurieri, ingioiellate e truccate puttane. Sfuggimmo all'orda spaventosa e impetuosa dei mercenari che si spostavano da un luogo all'altro di guerra in carovane pesanti, seguiti da prostitute pronte a rispondere alla loro sfrenatezza sessuale, carri stracolmi di donne, bambini, casse di oggetti, armi e denaro, frutto dei loro saccheggi. Tutti armati d'arco e balestra, le alte picche uncinate per disarcionare i cavalieri. E tutti a piedi, come si conveniva al loro stato di combattenti indegni di stare a cavallo. Allontanati dall'acre odore di unghie, di corna e di vecchi stivali bruciati, di sterco, di zolfo, di pece, abbiamo evitato i lazzaretti gremiti di appestati, trovando riparo negli accampamenti, e mescolandoci alle masse strepitanti che cercavano scampo alle guerre, le epidemie, le carestie. Stringendoci al collo amuleti e sacchettini di cuoio contenenti velenosissimo arsenico, rospi seccati e polveri magiche contro il malocchio e le malattie, ci siamo confusi nelle angosciose processioni dei penitenti che trascinavano i loro piedi incatenati e piagati fino ai cimiteri dove, flagellandosi come ossessi, imploravano la misericordia del cielo. Abbiamo rischiato di essere travolti da torme di cavalli selvaggi, bufali giganteschi, mandrie di pecore e capre condotte da pastori dallo sguardo torvo e dal linguaggio incomprensibile, simile spesso a un latrato. Siamo sfuggiti ai banditi che, legati a funi di paglia intrecciata, lanciandosi dagli alberi o sbucando dalle inestricabili macchie della foresta, all'imbrunire si abbattevano sui viandanti indifesi. Finché, ai miei occhi sfiniti, non apparvero le ripide e rosse scogliere del tuo paese. Affidata a tua sorella Dionigia, in un periodo di cupa miseria per la Bretagna fui abbondantemente nutrita coi frutti della tua terra natale: tonno, sardine, sogliole, merluzzi, ostriche, gamberi, cavoli, porri, mandorle, noci. Nel tempo stabilito mi nacque un figlio, al quale tu stesso imponesti l'insolito nome di Astrolabio: «Colui che abbraccia le stelle». Del resto, era nell'abbagliante firmamento del nostro amore che il bambino fu concepito.

Il dolore della mia fuga, e la vergogna del disonore subìto, avevano reso pazzo lo zio. A Parigi, mentre gli occhi di tutti gli chiedevano insistentemente come si sarebbe comportato con noi, sotto le volte del chiostro e nell'intrico dei vicoli intorno alla scuola della cattedrale il mormorio non cessava. Fulberto affermava ripetutamente che, se gli fosse stato possibile, ti avrebbe ammazzato. Ma seguendo le usanze, diceva che si sarebbe accontentato di mutilarti vistosamente in qualche parte del corpo. Se non lo aveva ancora fatto, diceva, era perché temeva che qualcuno, in Bretagna, si vendicasse su di me. E immaginando ritorsioni, angherie, non osava rapirmi, e chiudermi con la forza in qualche luogo segreto.

Mentre io rimanevo nel tuo paese insieme al bambino, avevi ripreso a insegnare alla scuola di Parigi: e lo sapevi anche tu che mio zio, se avesse avuto abbastanza coraggio, ti avrebbe aggredito con le sue mani anche quando eri nel sacro recinto della cattedrale. Ma nulla di male fu compiuto contro di te, perché Fulberto sapeva che spiavi ogni sua mossa e lo sorvegliavi.

Il tuo carattere è sempre stato aspro, insolente. Ma sei un uomo leale. Spinto dalla compassione per il suo dolore, e per la vergogna di essere stato ingannato, andasti dal canonico Fulberto promettendogli che, pur di rimediare allo scandalo, avresti fatto qualunque cosa ritenesse giusta. E usando i modi garbati che ben conoscevi quando volevi sedurre, gli avevi spiegato che tutto quanto era accaduto fra noi non sarebbe parso tanto strano a chi aveva provato e conosciuto la forza dell'amore.

Soltanto più tardi ho saputo con quale abilità, e diplomazia, in quella lunga conversazione fra uomini tu avevi condotto il discorso sulla pericolosità della donna. E davanti allo zio esterrefatto, che fin da bambino aveva scelto la via della castità per dedicarsi esclusivamente al Signore, hai spudoratamente elencato tutte le volte che, già dall'inizio del mondo, le donne avevano portato alla rovina gli uomini grandi. Quanta maestria, quanta ambiguità, quanta sottile e insidiosissima arte erano state necessarie per catturare a Fulberto un complice assenso mentre evocavi il fantasma di Eva. Eva nuda, seducente e diabolica, ingannatrice e bellissima, che porge la mela a un già arreso e perduto Adamo.

Per rispetto alla tua clamorosa fama, e indiscussa sapienza, lo zio ti aveva ascoltato con attenzione. E quando balenò nei suoi occhi il primo barlume di cedimento, lo informasti che eri pronto a dargli una soddisfazione che andava ben oltre ogni sua speranza: mi avresti sposato. Sembrava un gran gesto. Ma credo che lo zio avesse capito immediatamente quanto ambigua fosse la tua decisione. Mi sposavi. Ma presentavi un conto che avrei dovuto pagare io sola. Per dare ai tuoi allievi un esempio di vita ascetica e rigorosa, pretendevi che le nostre nozze rimanessero segrete. Mi sposavi. Ma trionfalmente tornato sulla lucida sella della ragione, rinsavito dalla fulminea follia d'amore, ora pensavi di nuovo, e soprattutto, alla tua bella carriera. E senza farne parola con Eloisa, che stavi sposando già madre di un figlio generato da te, avevi deciso di pronunciare i voti che, facendoti monaco, ti avrebbero agevolato nell'insegnamento, procurato prebende, assicurato una casa gratuita all'interno della scuola della cattedrale. Secondo i tuoi piani, io avrei dovuto invece vivere nell'ombra, come una concubina o una schiava. La mia stessa esistenza sarebbe stata negata: né moglie, né madre. In definitiva, stavi proponendo a Fulberto un banale matrimonio riparatore.

Lo zio accettò. Lontano dall'immaginare i suoi crudeli progetti, prima di andartene l'hai abbracciato e coperto di baci.

Ma ero io, che non volevo sposarti. E questo era parso strano anche a te. Conoscendo il carattere rigido e intransigente di mio zio, ti avevo ostinatamente e ripetutamente spiegato che neppure il matrimonio sarebbe bastato a ridare l'onore perduto al canonico Fulberto. Ma temevo anche altro. Anzi: io sapevo, e te lo ripetevo continuamente, che non avrei mai potuto essere felice per una soluzione che avrebbe finito per nuocere alla tua carriera. Eri l'uomo più ammirato, il più intelligente e sublime che mai fosse dato alla Terra di avere. Quale re, quale filosofo, poteva vantare una fama pari alla tua? Quale regione, quale città, quale paese non si dava continuamente da fare per ascoltarti e conoscerti? Chi non si precipitava a vederti, le rare volte che apparivi per strada? Chi non ti seguiva con gli occhi fissi, fino a torcersi il collo, al momento in cui te ne andavi? Quale sposa, quale vergine non si consumava per te, quando non c'eri; e non diventava una fiamma, quando le tornavi accanto? Quale regina, quale donna potente non invidiava la mia gioia e il mio letto? Conoscevo il tuo valore, sapevo che mi sarei sentita colpevole se avessi privato il mondo di un lume di sapienza quale tu eri.

Ti scrissi e ti parlai a lungo, ripetendo ogni volta che avremmo finito per rovinarci a vicenda, elencando i danni che avresti causato alla Chiesa, se tu l'avessi lasciata per me; e le maledizioni, le lacrime che i filosofi avrebbero dovuto subire e spendere se ti fossi sposato.

Ti amavo tanto da sentirmi persino capace di fare a meno di te. Annientata dalla tua celebrità, piegata dal tuo sterminato potere intellettuale, insistevo dicendo che non era giusto; anzi, che addirittura era inconcepibile che un uomo come te, venuto al mondo per il bene di tutti, dedicasse la sua vita a una sola donna. Con parole dolorose, ma determinate, sostenevo che le nostre nozze non avrebbero fatto altro che danneggiarti. Per convincerti, mi ero aggrappata a tutto quanto sapevo sul matrimonio dei grandi sapienti, e ripetendo coraggiosamente le parole di san Paolo, citavo la sua Lettera ai Corinti: «Vorrei che foste senza preoccupazioni, ma soffrirete le tribolazioni della carne, che invece vorrei risparmiarvi». Ti avevo ricordato anche Teofrasto, che elencando uno per uno gli insopportabili fastidi della vita matrimoniale, era riuscito a dimostrare come il saggio e lo studioso avrebbero fatto bene a non sposarsi mai. E Cicerone, quando aveva affermato che mai si sarebbe sposato, perché non poteva occuparsi contemporaneamente di una donna e della filosofia.

Con una volontà feroce, provando un sottile e forse anche perverso piacere nell'immolarmi per te, sono persino arrivata a violentare i miei stessi sentimenti, enumerando uno per uno gli inconvenienti che sarebbero derivati dal nostro matrimonio. Che rapporto poteva esserci fra la vita di un grande maestro e quella familiare? Fra una cattedra e una culla? Fra un libro e una rocca? Fra una lettera e un fuso? Ti immaginavo nella nostra casa. Mentre studiavi e meditavi sulle Sacre Scritture e la filosofia, non ti sarebbe stato facile sopportare la nauseante e sempre più ingombrante sporcizia dei neonati, le nenie delle nutrici che cercavano di far tacere i bambini, i loro vagiti, l'esasperante andare e venire dei domestici. Forse, soltanto i ricchi avrebbero potuto affrontare tutto questo senza pagare un prezzo troppo alto. Ma fra un filosofo e un ricco, c'è una gran differenza. Chi cerca di arricchire inseguendo i successi mondani, non può dedicarsi agli studi di filosofia e teologia. Era infatti per questo che i grandi e antichi filosofi disprezzavano le cose del mondo, le abbandonavano e addirittura le fuggivano, privandosi di ogni piacere pur di giacere tranquilli fra le braccia della filosofia. Non credere che per me fosse facile dirti tutto questo. E mi era stato necessario uno smisurato coraggio per ricordarti anche Seneca, il sommo filosofo apostolo della povertà e della continenza, che a Lucilio scriveva: «Non è quando non hai niente da fare, che devi dedicarti alla filosofia. Trascurarla per un solo attimo, è come abbandonarla del tutto. Non appena ti distrai, non ti rimane più nulla».

Ero pazza? Oppure tanto accecata dalla tua sapienza, e celebrità, da scordare che la persona da sacrificare non era Abelardo, ma Eloisa? Quale peccato aveva pesato sulla mia coscienza, tanto da farmi sentire colpevole fino a chiederti cosa ti avesse spinto a preferire, al servizio di Dio, il piacere carnale della nostra unione quando eri già un chierico: mentre molti laici, e persino molti pagani, erano riusciti a vivere senza sposarsi e senza farsi travolgere dalla lussuria, vergognosamente e per sempre?

Nella lettera al tuo amico, avevi elencato i motivi che, per non sposarlo, Eloisa aveva portato ad Abelardo. Proprio tutto, però, non hai detto. Dio mi è testimone che Eloisa ha cercato e amato solo te. Che non ho desiderato i tuoi beni e le tue ricchezze, ma te soltanto. Che non ti avevo mai chiesto di diventare tua moglie, né alcun risarcimento. A una donna innamorata, il nome di sposa può apparire addirittura santo. Ma pur di vederti libero, a me sarebbe bastato quello di amica, di amante. Se non ti offendi, mi sarei accontentata di chiamarmi addirittura la tua sgualdrina. Ero così, in quel momento. Cercando di non danneggiare la tua fama, più mi umiliavo davanti a te, più credevo di piacerti.

Se Augusto stesso si fosse degnato di chiedermi in sposa offrendomi il potere perpetuo sul mondo, avrei preferito essere una prostituta qualsiasi e stare con te, piuttosto che diventare un'imperatrice e stare con lui. Ero, e sono tuttora convinta che essere ricco e potente non significa per forza essere grande; che sposare un uomo perché è ricco vuol dire vendersi e amare il suo denaro, e non lui; che la donna che si sposa per interesse non ha diritto di essere amata, ma soltanto pagata: perché vuole soldi, non un marito; e non appena potrà, andrà a vendersi a un altro uomo ancora più ricco.

Come ti amavo. E sapevo bene quali erano i motivi, solitamente estranei a un filosofo, che ti rendevano caro a una donna. Ti amavo per la grazia della tua poesia e il fascino delle canzoni che avevi composto in mio onore per passatempo, per riposarti, per distrarti dai pesantissimi studi. La dolcezza delle parole e l'armonia del ritmo avevano portato quei canti d'amore lungo ogni contrada del mondo, diffondendo il tuo nome e rendendoti famoso anche a chi non si occupava di letteratura, ma non rimaneva insensibile alla bellezza delle tue melodie. Era per questo che le donne sospiravano per te. E poiché, dopo che mi hai conosciuto, le canzoni erano quasi sempre ispirate al nostro amore, anche il mio nome era finito sulla bocca di tutti.

Le donne mi invidiavano, e mentre ripetevo che non volevo sposarti, ti dissi anche questo: non mi sentivo degna abbastanza dell'uomo grande e famoso che pure, pochi mesi prima, avevo a ogni costo voluto. Io vivevo soltanto attraverso il tuo sguardo, le tue carezze, le tue parole. Dipendevo totalmente, assolutamente da te. Ero una delle tante, delle innumerevoli eterne creature che si annullano nella superiorità di un uomo, rinunciando a se stesse. Schiacciata dalla tua grandezza, colei che era stata scelta da te perché colta, intelligente e brillante, senza di te non era nessuno. Quanto contava, per me, conoscere il greco, il latino, la filosofia, la teologia? Avrei potuto essere persino più sapiente di te. Avrei potuto tenere lezioni ai chierici, disputare coi vesco-

vi. Avevo preferito essere soltanto una schiava. L'intelligenza di Eloisa si era consumata in una sconfinata vergogna per aver osato alzare gli occhi fino al sommo Abelardo. Il suo celebre ingegno, l'ironia, la cultura, si erano dissolti davanti a lui. Di fronte ad Abelardo, non restava che una donna disarmata e smarrita, volontariamente privata di se stessa. La donna che, molti secoli prima, i romani e gli ebrei avevano velato perché non drizzasse il capo, neppure adesso osava levare lo sguardo davanti alla forza e alla fama dell'uomo.

Ti adoravo, e nella mia stessa adorazione mi ero annullata. Ti ho amato al punto da credere che niente fosse più alto e più nobile che annientarmi per te. Sapevo che mi sposavi soltanto perché mi avevi tolto l'onore. Ma dal momento che avevo già perduto la mia felicità, preferivo sprofondare nell'abisso della mia passione e restarne prigioniera per sempre. Con agghiacciante lucidità, osservavo me stessa mentre perdevo pezzo per pezzo la mia identità. Credimi: sentirsi la vittima di un uomo che ti ha teso un laccio per possederti, talvolta può addirittura sembrare affascinante.

Alla fine però, come sempre, sei riuscito a impormi la tua volontà. Ti avrei sposato. Piangendo fra le tue braccia, avevo sussurrato: «Non ci resta che perderci l'un l'altra, e soffrire ancor più di quanto non abbiamo amato». Presentivo una tragedia imminente.

Mi riportasti a Parigi, dallo zio. Pochi giorni più tardi, dopo aver pregato insieme fino all'alba, ci siamo sposati. Avevamo chiesto a Fulberto e ai suoi pochi amici di non divulgare la notizia. Uscimmo separatamente dalla chiesa, cercando di non farci vedere. Ci incontravamo di rado, in segreto. Ancor più ladri d'amore di prima.

Mi aspettavo la vendetta dello zio. Lo conoscevo, mi sembrava impossibile che subisse le tue volontà senza reagire. In quanto canonico della cattedrale, era tenuto a tutelare il suo onore. Ci ha tradito divulgando la notizia del nostro matrimonio. Per difendere la tua fama di chierico e intellettuale dedito soltanto alla scuola, senza mai pensare alle donne, tantomeno alla famiglia, risposi alle sue provocazioni per prima, negando tutto. Al contrario, Fulberto pretendeva che ammettessi di averti sposato. Mi rifiutavo di farlo. Ogni volta mi batteva, insultandomi. Ti scrivevo lettere disperate.

Mi rapisti ancora una volta, di notte, per condurmi nel monastero benedettino di Argenteuil, a nord di Parigi, dove ero stata educata fin da bambina. Ti aiutò la badessa. Non mi avevi chiesto di velarmi il capo, del resto obbligatorio soltanto alle religiose. Ma per non farmi troppo notare fra le novizie e le monache, mi avevi fatto indossare il saio, lo scapolare, la cintura, i sandali di cuoio sui piedi nudi. Mi sono trovata spogliata della mia identità di donna e di sposa. Ero stata separata anche da nostro figlio. Venivi ogni tanto a trovarmi di nascosto. Vivevo aspettandoti.

Fulberto e i suoi amici ti cercavano per punirti. Quando riuscì a sapere che mi avevi portato in un convento, lo zio si convinse che tu volessi liberarti di me. Pagato da loro, incaricarono uno dei tuoi servi perché ti sorprendesse nel sonno, in casa tua, mentre eri solo. E mutilandoti con una lama di quella parte del corpo con la quale avevi commesso il peccato di cui non io, ma loro, si erano sentiti vittime, ti punirono con la più crudele e infamante delle vendette. Lo zio fu processato e, dal momento che non era stato possibile accertare la sua responsabilità, fu condannato soltanto alla confisca di tutti i suoi beni. Tranne due dei suoi crudeli amici e sicari, cui furono cavati gli occhi e tagliati, come a te, i genitali, tutti gli altri avevano fatto in tempo a fuggire. Il servo che ti aveva consegnato inerme ai loro coltelli era quello che amavi più degli altri. Confessò che non lo aveva fatto per odio, ma per denaro.

Il mattino seguente, tutta la città si era ammassata piangendo davanti alla tua casa. I lamenti sotto le finestre, le grida, i turbamenti, le smanie, non facevano che alimentare il tuo dolore. I chierici, ma soprattutto i tuoi scolari, ti straziavano il cuore coi loro gemiti. Soffrivi più per la compassione che suscitavi, che per la ferita. Più della mutilazione, erano la vergogna e l'orgoglio a bruciarti. L'oltraggio subìto era ancora più forte dello squarcio compiuto sul tuo corpo.

Il tuo destino era cambiato di colpo. Soltanto un giorno prima eri l'uomo più famoso di Parigi. Ora, la tua gloria era stata annientata da una disgrazia infamante. Ma tu rispondesti con nobiltà e dignità, affermando che era giusto che Dio ti punisse proprio nella parte del corpo con la quale avevi peccato. I tuoi avversari potevano essere contenti, avevi detto: nel mondo c'era giustizia. Ma non accettavi l'idea che si diffondesse la notizia che avevi subìto un oltraggio così eccezionale. Soffrivi perché sapevi che non avresti più potuto mostrarti in nessun luogo senza suscitare un'ondata di chiacchiere, per te insostenibili. Il biondo bretone che seduceva con l'estro del suo pensiero e le bellissime canzoni d'amore, d'ora innanzi sarebbe stato segnato a dito. E tutti, sogghignando di compatimento, avrebbero mormorato di te. Ti angosciava il pensiero di essere considerato un eunuco, definito «abominevole» agli occhi di Dio sulle Tavole della Legge, tanto fetido e immondo da non venire neppure ammesso in chiesa. E ricordando il Libro dei numeri, ti ripetevi disperato che gli animali castrati non potevano neppure essere utilizzati per i sacrifici.

Decidesti di cancellarti dal mondo. «In questo stato di prostrazione e di confusione, più per vergogna che per vocazione cercai rifugio all'ombra del chiostro» scrivesti al tuo amico.

Dunque, mentre Eloisa senza battere ciglio aveva accettato di chiudersi in un monastero per non nuocere alla carriera del suo uomo, Abelardo aveva scelto «l'ombra del chiostro» per la vergogna di non essere più considerato un «vero uomo». Colui che per pochissimo tempo era stato capace di uscire da se stesso, ora definitivamente rientrava nel deserto della sua arrogante e acuminata ragione.

Hai pronunciato i voti religiosi perché eri un castrato. E per presentarti nuovamente nelle tue scuole sotto un'altra veste, nella purezza e nell'assenza di ogni desiderio del monaco, ti sei messo a totale disposizione di Dio, ordinandomi di fare altrettanto. Non più moglie segreta nel convento di Argenteuil. Ma ufficialmente novizia, e poi monaca. Segregata per sempre a servire quel Dio che non avevo scelto spontaneamente come mio sposo.

Nessuno mi stava vicino. Ero una ragazza di neppure vent'anni, disperata e smarrita. Ho dovuto obbedirti. Mi sono avvicinata all'altare correndo, chinandomi precipitosamente, quasi strappando dalle mani del vescovo il velo benedetto: come se io temessi di pentirmi all'ultimo istante. Nel buio della chiesa rischiarata soltanto da dodici torce infilate nella tonda parete dell'abside, le braccia in croce, scalza e tosata come un agnello, la bocca premuta contro la pietra nuda del pavimento, ho giurato piangendo di abbandonare il mondo. Dopo la messa e la comunione, come un automa, ho seguito il bagliore vago del cero che mi avrebbe condotto dentro la cella dove, per tre giorni e tre notti, sarei stata lasciata sola, senz'acqua né cibo. La tenebra era calata su di me come una pietra tombale.

Pregavo per disperazione, dedicandomi alla copiatura delle Scritture e cantando i Salmi nel coro scavato nella pietra grigia della nostra chiesa antichissima. Vivevo di pane, acqua, verdure. Tre volte ogni notte la campana mi chiamava nella cripta perché, insieme alle mie compagne, intonassi le laudi al

Signore. Non potevo più scriverti, né parlare a qualcuno di te. Suscitavo il rimpianto e la compassione di chi mi aveva conosciuto, libera, alla scuola della cattedrale. Qualcuno cercò di sottrarre al convento la mia giovane vita, ma nessuno riuscì ad aprirmi definitivamente la porta del monastero. Il tuo commento fu gelido: «Come se si trattasse di un supplizio insopportabile». Te n'eri andato senza chiedere la mia opinione. E poiché sapevi quanto ti amavo, ritenevi naturale che io seguissi la tua stessa sorte.

Mi informarono che ti eri ritirato poco lontano da Parigi nel convento dedicato a san Denis, primo vescovo di Lutetia, decapitato sul Mons Martirum insieme ai compagni Rustico ed Eleuterio. La tradizione popolare voleva che Cristo in persona avesse costruito sui resti del martire una cappella divenuta una chiesa per volontà di santa Genoveffa, in seguito ingrandita e consacrata alla presenza dell'imperatore Carlo Magno e infine trasformata in cimitero reale. Immagine straordinaria della continuità monarchica nella successione delle dinastie merovingia, carolingia e capetingia, sotto lastre di minuto mosaico e consunte figure marmoree, riposavano qui le regine Berta, Aredegonda ed Ermentruda, i re Dagoberto, Clodoveo I e Clodoveo II, Chidelberto, Carlo Martello, Pipino il Breve e Carlo il Calvo. Più ancora che a Reims, città del loro battesimo e della consacrazione, la potenza dei re aveva in quest'antichissima chiesa la sua vera sede. Era qui che il re deponeva le insegne del potere dopo la cerimonia dell'unzione. Era dalle mani dell'abate di St-Denis che riceveva l'orifiamma, il rosso stendardo con una croce nel mezzo e le fiamme ricamate in oro col quale avrebbe marciato alla testa dell'esercito, e difeso il suo regno.

Mi scrivesti che nel silenzio e nella preghiera cercavi di curare le tremende ferite del corpo e dello spirito. Ma non eri rimasto a lungo da solo. Individuato il tuo nascondiglio, gli studenti ti avevano raggiunto per convincerti a fare, per amore, ciò che finora avevi fatto per denaro e desiderio di gloria. E sostenendo che avresti dovuto rendere conto a Dio del talento che ti era stato donato, ripetevano che, se fino a quel momento ti eri occupato dei ricchi, ora avresti dovuto dedicarti all'educazione dei poveri. Innamorati di te, assetati del tuo sapere, avevano cercato di consolarti della mostruosa mutilazione che ti era stata inflitta sostenendo che ti avrebbe giovato riconoscere nella tua disgrazia la mano del Signore perché, libero dal peso della carne e sottratto alla vita mondana, dedicassi il tuo tempo agli studi. E da filosofo del mondo, ti trasformassi in filosofo di Dio.

Non era trascorso molto tempo che documenti attendibili mi informarono che neppure l'atroce punizione ordinata dallo zio Fulberto in seguito al nostro matrimonio segreto, e la solenne promessa di dedicarti soltanto all'amore di Dio, avevano moderato la tua indole insofferente e polemica. L'abbazia che ti ospitava era abitata da monaci corrotti, e tu non perdevi occasione, sia in pubblico sia in privato, di denunciare il loro scandaloso comportamento. Accusavi soprattutto Adamo, il loro abate, che avrebbe dovuto essere il primo per autorevolezza ed esempio, mentre lo era per dissolutezza e scostumatezza. E quando decidesti di lasciare St-Denis per tornare all'insegnamento, erano stati tutti felici di sbarazzarsi di te.

Con la tua scorta di fedeli studenti, eri allora disceso fino alla confluenza dei fiumi Voulzie e Durteint, per raggiungere a cavallo Provins, cintata di mura poderose e fortificata da numerosissime torri. Mi scrivesti dal piccolo convento dell'antica abbazia benedettina di St-Ayoul, poco lontano dalla città. Avevi ripreso a insegnare, il tuo successo era stato clamoroso e immediato. E mentre i tuoi studenti erano diventati così numerosi che lo spazio fu ben presto insufficiente a contenerli tutti, né la terra produceva abbastanza latte, cavoli, carne e uova per nutrirli, in ogni parte di Francia gli altri maestri erano rimasti senza lavoro.

Tenevi soprattutto lezioni sulle Sacre Scritture, come del resto si addiceva alla tua nuova condizione di monaco; ma non trascuravi lo studio delle arti liberali, di cui eri espertissimo, insistentemente preteso anche dai tuoi studenti. Dicevi di servirti della grammatica, la dialettica, la retorica, l'aritmetica, la geometria, la musica e l'astronomia come di un amo, per portare allo studio della vera filosofia quelli che ti ascoltavano. Ma era inevitabile che il tuo successo alimentasse l'invidia e l'odio degli altri maestri che, calunniandoti in tutti i modi possibili, avevano subito cominciato a insinuare che ti fossi dedicato allo studio dei testi sacri solo perché eri stato costretto a rinunciare al mondo. Lo studio e l'insegnamento sono diventati un mestiere, e la Chiesa ammette con molta fatica che i maestri vendano la scienza, dal momento che la ritengono proprietà esclusiva di Dio. Per colpirti, i tuoi avversari non potevano far altro che attirare su di te l'attenzione del clero. E poiché non ti perdonavano di aver osato interpretare e insegnare le Scritture senza aver mai seguito un maestro, avevano aizzato contro di te l'ira di vescovi, arcivescovi, abati: e di chiunque avesse un alto titolo ecclesiastico.

Annientata nel silenzio del convento, io non facevo che piangere sulla mia sorte. Il destino si era scagliato contro di me con una tale ferocia, da convincermi che non mi sarebbe stato possibile averne uno più mite. E per consolarmi, ripetevo a me stessa che non dovevo più aver paura di niente. Del resto, come potevo temere un destino che aveva già svuotato contro di me tutti i dardi della sua faretra, e tanto mi aveva piagata che non avrebbe più saputo dove colpirmi, nel caso gli fosse rimasta ancora una freccia. Ora il destino doveva aver paura di me: e non io del destino. Bastava che morissi: e gli avrei tolto per sempre il piacere di farmi soffrire.

E intanto Eloisa piangeva perché era disgraziata e infelice. La più disgraziata e infelice delle donne. L'affascinante, il coltissimo e famoso Pietro Abelardo l'aveva sollevata sopra le altre preferendola a tutte, ma solo per farle patire quello che nessun'altra aveva mai patito. Non una, in tutto il mondo, né ieri né oggi, né ricca né povera, né bella né brutta, avrebbe potuto infatti affermare di avere, non dico superato, ma almeno raggiunto la sua infelicità. Chi mai... chi mai era precipitata nella disperazione in cui era precipitata Eloisa? Chi ha sofferto tanto quanto Eloisa soffriva per te? Esagerando nel bene e nel male, un capriccioso destino si era divertito a passare da un eccesso all'altro, facendo di lei la più felice delle donne, solo perché si sentisse la più disgraziata: e dalla gioia indicibile del supremo piacere, sprofondasse nell'infinita tristezza della disperazione. Destino beffardo, sia per me sia per te. E affinché la nostra colpa risultasse ancor più vistosa, addirittura sembrava che si fosse verificato un vero e proprio capovolgimento dei valori consueti. Infatti, quando ci abbandonavamo alle gioie dell'amore e quando, per usare un'espressione più volgare, ma efficace, ci rotolavamo nella lussuria, la vendetta divina ci aveva risparmiato. Ma non appena il nostro amore è stato legittimato, non appena, sposandoci, abbiamo cancellato la vergogna della nostra unione illegale, l'implacabile collera del Signore ha colpito il letto da noi a lungo impunemente sconciato in tutti i modi possibili: quando oramai era stato purificato dal vincolo matrimoniale.

Fu Eloisa, allora, a sentirsi in colpa per quella orribile mutilazione. Fu Eloisa, tua legittima sposa, a credere che Abelardo soffrisse una pena che solitamente seguiva a un amore proibito con un'amante, un'adultera: mentre tutto ti era stato fatto patire non quando eravamo schiavi del nostro piacere, ma quando vivevamo già separati per sempre, tu a Parigi, maestro della tua scuola, io, per tuo ordine, reclusa fra le monache di Argenteuil. Soltanto allora, mentre entrambi conducevamo oramai una vita casta e santa, fosti obbligato a pagare col tuo stesso corpo, e per tutti e due. Era in due, che infatti avevamo peccato. Ma tu solo pagavi. E dal momento che ti eri umiliato per me, e avevi riparato ampiamente il tuo peccato restituendo l'onore a me e alla mia famiglia, di noi due ti ritenevo il meno colpevole davanti a Dio, e davanti ai tuoi traditori.

Mi ero sentita tanto in colpa, da non avere più il coraggio di alzare gli occhi fino a te. Già da bambina avevo imparato che la causa della rovina dei grandi uomini sono sempre le donne. Dice infatti il Grande Proverbio: «Il tuo cuore non si lasci trascinare nelle vie di lei, non ti smarrire nei suoi sentieri, perché ne ha fatti cadere tanti trafitti, e furono uccisi da lei anche i più forti. La sua casa è la via dell'inferno, e discende fino agli abissi della morte». Mentre nell'Ecclesiaste si legge: «Ho passato in rassegna tutte le cose, e ho trovato che la donna è più amara della morte, il suo cuore è una rete, le sue mani sono catene. Chi è caro a Dio si salverà da lei, ma il peccatore ne resterà preso». Per rovinare gli uomini, basta servirsi delle loro donne. Lo sa bene anche il demonio, perché lo ha già provato tante volte. Colei che era stata creata per aiutare l'uomo, si è sempre rivelata la causa di tutte le sue rovine. È stata la donna a provocare la cacciata dell'uomo dal Paradiso. Una donna ha sconfitto l'invincibile Sansone, la cui nascita era stata annunciata addirittura da un angelo. Dalila lo consegnò ai suoi nemici che lo accecarono, spingendolo a una tale disperazione da finire volontariamente seppellito sotto le rovine del tempio insieme ai filistei. Il Signore aveva scelto il sapientissimo Salomone perché edificasse il Tempio di Gerusalemme con l'aiuto di architetti e operai fenici e scavalcasse in grandezza persino suo padre Davide: che pure era un giusto. Sua moglie, la sciagurata figlia del faraone, lo sprofondò nell'abisso della follia idolatra che fino alla morte lo tenne lontano dal Signore: lui, che a tutti aveva insegnato il culto del vero Dio. E infine era stato contro la moglie che Giobbe aveva dovuto combattere la sua più dura battaglia.

Nel caso nostro, dal momento che non era riuscito a perderti attraverso la lussuria, il demonio aveva pensato di arrivarci attraverso il matrimonio. E con la sua consueta perfidia, poiché non gli era stato possibile fare il male col male, aveva ricavato il male dal bene.

So già tutto, e lo ammetto: la colpa è mia. Ma sono anche innocente. Se il demonio ha potuto infatti servirsi del mio amore per i suoi tristissimi fini, non ha potuto comunque trascinarmi nella colpa con la mia volontà: perché io non avevo intenzione di offendere Dio. Comunque, anche se non ho dubbi di essere stata un inconsapevole strumento dell'efferata vendetta che è stata compiuta su di te, i miei peccati sono tali, e tanti, che non riesco a sentirmi completamente innocente.

Per espiare la colpa di averti condotto a subire l'oltraggio che avevi subito, un oltraggio vissuto disperatamente, un disonore di cui ti vergognavi, mi sono fatta monaca. Pensavo fosse giusto che soffrissi come soffrivo, perché mi ero abbandonata per troppo tempo ai piaceri della carne e alle lusinghe dei sensi. Ero pronta a pagare il mio peccato con una giusta penitenza, così che la mia espiazione, che mi auguravo lunga, servisse a compensare in qualche modo il durissimo colpo che era stato inferto al tuo corpo. Attraverso la mia sofferenza, avevo deciso di provare per tutta la vita quello stesso dolore che per un attimo tu avevi sofferto nella carne: e offrire a te, se non a Dio, almeno una parvenza di riparazione. Del resto, io non avrei saputo trovare da sola una forma di espiazione capace di soddisfare l'ira del Signore, perché io non ho mai cessato di amarti e di desiderarti. E sapevo benissimo che, più che cercare di placare la sua collera con la penitenza, lo offendevo col mio atteggiamento ribelle, e una sorda, fortissima opposizione alla sua volontà.

Dire che si è pentiti umiliando il proprio corpo in tutti i modi, quando la mente è ancora pronta a peccare, anzi, quando ancora brucia delle identiche passioni di un tempo, non ha infatti alcun senso. È facile confessare e riconoscere i propri peccati, e magari sottoporre il proprio corpo alla penitenza. Ma è difficile strapparsi dal cuore il desiderio dei piaceri più dolci. Non basta detestare le proprie colpe. Occorre parlarne con l'anima afflitta e contrita, affinché questa stessa amarezza purifichi le colpe che la lingua, guidata dalla mente, apertamente denuncia. L'amarezza che accompagna il vero pentimento è però tanto rara, che sant'Ambrogio aveva scritto: «Finora ho incontrato più gente che si è conservata innocente, che gente che ha fatto penitenza». Ho accettato di annullarmi nel buio della clausura per te. E con quello che ho fatto ho voluto dimostrarti che eri l'unico padrone, non del mio corpo soltanto, ma anche della mia anima. Dio mi è testimone che ho cercato e amato solo te. Ho desiderato te, non i tuoi beni e le tue ricchezze. Non ho mai voluto soddisfare la mia volontà e il mio piacere: ma soltanto te, e il tuo piacere. Ero pronta a pagare. Ma dell'amore che provavo, e provo per te, io non ero e non sono pentita.

Murata nel monastero di Argenteuil, sapevo che non ti avrei più rivisto. E tormentosa, incessante, subito era iniziata l'attesa delle tue lettere. Mi scrivevi sempre meno, e con l'orecchio teso persino ai bisbigli che sfuggivano alla badessa mentre riceveva le dame di Parigi, raccoglievo frammenti, briciole, schegge di notizie, che inevitabilmente mi straziavano il cuore.

Per punirti di aver peccato coi sensi, non era bastata la sanguinosa e umiliante vendetta di mio zio Fulberto. Il destino si ostinava ad accanirsi contro di te, e quel successo che avevi ottenuto strappandomi dalle tue braccia, e obbligandomi alla clausura di questo convento, continuava a procurarti sofferenza e disgrazie.

Venni a sapere che avevi finito di scrivere un trattato di teologia, come definitiva risposta ai tuoi scolari che ti chiedevano spiegazioni basate sulla ragione e sulla filosofia, sostenendo che i discorsi non servono, se prima non si capiscono le cose; che non si può credere a niente, se prima non lo si è capito; e che sarebbe stato ridicolo che qualcuno cercasse di spiegare agli altri ciò che né lui, né quelli cui insegna, erano in grado di comprendere. Il trattato che avevi intitolato *Unità e Trinità di Dio* aveva ottenuto un tale successo da innervosire ancor di più i tuoi avversari, che si erano dati da fare per organizzare un processo contro di te. I più inveleniti erano Alberico e Lotulfo, che dopo la morte dei vostri comuni maestri, Anselmo e Guglielmo, si consideravano i loro unici eredi. Insegnavano entrambi alla scuola di Reims, e calunniandoti avevano convinto il loro arcivescovo Radulfo a invitare a Soissons il vescovo di Preneste, Conone d'Urrach, presente in Francia come legato pontificio, affinché presiedesse una sorta di assemblea che avevano fatto passare per concilio.

Mio povero caro. Dunque era per questo, che non mi scrivevi. Fosti costretto a partire, viaggiando a lungo verso il sudest di Parigi, a cavallo, su carrette, su barche: e attraversando le boscose colline della Piccardia approdasti sulla riva sinistra dell'Aisne, a Soissons, la romana Augusta Suessonium, dov'eri stato chiamato a presentarti insieme al tuo libro davanti a un consesso di monaci fanatici, teologi allarmati, abati malvagi. E tante cattiverie avevano oramai gettato su di te Alberico e Lotulfo, che il giorno del tuo arrivo avevi rischiato di essere lapidato da una folla inferocita, che ti accusava di aver sostenuto che esistevano addirittura tre dei.

Ti eri presentato a Conone d'Urrach a testa alta e senza perdere tempo, e consegnandogli il trattato *Unità e Trinità di Dio* perché lo esaminasse con calma, avevi dichiarato di essere pronto a qualsiasi correzione ti avessero chiesto, e a subire qualsiasi tipo di penitenza nel caso il tuo libro fosse risultato in contrasto con l'ortodossia cattolica. Ma non altrettanto leale era stato Conone, che rifiutando di leggere il libro ti aveva ordinato di consegnarlo immediatamente all'arcivescovo di Reims e ai tuoi due avversari, che giorno e notte gli stavano intorno senza lasciarlo un istante. «I nostri nemici sono i nostri giudici» mi avevi scritto, ripetendo con amarezza le parole del Signore. Non avendo trovato nulla di cui servirsi per accusarti durante l'udienza, i tre giudici avevano fatto in modo da rinviare la condanna, cui tenevano tanto, alla conclusione del concilio. Fermandoti anche per strada e sulle piazze, intanto tu andavi spiegando quello che avevi scritto nel trattato sulla Trinità: e chi ti ascoltava, ti dava ragione. Era inevitabile che i tuoi avversari fossero sempre più furenti.

L'ultimo giorno del concilio, il legato e l'arcivescovo avevano finalmente discusso con Alberico e Lotulfo sulla decisione da prendere su di te e sul tuo libro. Ma non fu trovato un solo appiglio utile a incriminarti. Calò allora, su tutti, il silenzio. Sembrava che persino i tuoi più intransigenti accusatori non trovassero argomenti contro di te. Alla fine Goffredo, il vescovo di Chartres, che si distingueva fra tutti per pietà e carità, aveva sillabato con voce piana, calmissima: «Voi sapete che la cultura di quest'uomo, qualunque essa sia, e il suo ingegno, a qualsiasi disciplina si sia dedicato, hanno riscosso molte simpatie e molto seguito. Abelardo ha offuscato la fama dei suoi e dei nostri maestri; la sua vigna ha esteso i suoi tralci da un mare all'altro. Se voi, per un semplice risentimento, farete cadere su di lui il peso di una sia pur giusta condanna, offenderete molte persone: e non mancherà chi lo difenderà. Comunque, obiettivamente, in ciò che ha scritto io non trovo niente che possa essere messo sotto accusa con assoluta certezza». Ti aveva fissato a lungo. Gli altri, trattenevano il respiro. «I fulmini feriscono le alte cime» aveva concluso Goffredo citando abilmente Gerolamo e mettendo in guardia con queste parole Alberico e Lotulfo sul pericolo che un'azione troppo violenta nei tuoi confronti finisse per ingigantire ancor più la tua fama. Protestando vivacemente, i tuoi astiosi rivali si erano allora drizzati dagli scanni, rapidi come saette. Le loro voci erano così concitate, e tanta foga mettevano in ciò che dicevano, che Conone aveva deciso che non bastavano le poche persone presenti per giudicare un problema di tale importanza. Pertanto, riteneva opportuno che il tuo abate ti riportasse temporaneamente a St-Denis dove, dopo un esame più approfondito, un nutrito consesso di dotti avrebbe preso i necessari provvedimenti. Era tornata la quiete. Prima di congedarsi per andare a celebrare la messa, Conone aveva incaricato il saggio e prudente vescovo di Chartres di autorizzarti a tornare nel tuo monastero, dove avresti atteso le decisioni future.

Ma ancora una volta i tuoi nemici si erano rivelati più forti di te. Sapendo che sarebbe stato difficile esercitare la loro influenza in un processo fuori dalle loro diocesi, dopo aver convinto l'arcivescovo Radulfo che gli sarebbe risultato dannoso consentire che il processo fosse trasferito in un tribunale che non era il suo, si erano precipitati dal legato Conone; e dopo averlo indotto a cambiare opinione l'avevano costretto a censurare il tuo libro senza altre inchieste, condannandolo al rogo sulla pubblica piazza. Quanto a te, saresti dovuto rimaner chiuso per sempre nel monastero di St-Médard, non lontano da Soissons, dove abitualmente vivevano in segregazione gli ecclesiastici licenziosi o colpevoli di reati comuni.

Sconvolto dal feroce verdetto, il vescovo di Chartres ti aveva raggiunto nella cella dove eri stato isolato per esortarti a sopportare la pena, certo che, alla fine, avresti tratto vantaggio da una condanna dettata esclusivamente dal livore e l'invidia. E congedandosi da te con un abbraccio fraterno ti aveva sussurrato all'orecchio di non preoccuparti del confino a St-Médard, perché lui stesso avrebbe provveduto a liberarti subito dopo la partenza del legato pontificio.

Chiunque: monaco o pellegrino, soldato o contadino, sostasse all'abbazia dell'Argenteuil, raccontava sgomento che Abelardo fu costretto ad affrontare un processo, e condannato a gettare il suo libro nel rogo.

Al tramonto, tingendo di un rosa violaceo la vigorosa facciata romanica dai tre profondi portali della cattedrale dedicata ai santi Gervaso e Protaso, le fiamme avevano umiliato il tuo libero e ardito pensiero. Un cupo rullar di tamburi rendeva la sera ancora più fosca e inquietante. Muta e attonita, la folla applaudiva meccanicamente. Nulla: né la tua mutilazione, né la nostra separazione, fu paragonabile a quel gesto che ti obbligarono a compiere con le tue stesse mani. E io ancora non reggo al pensiero di te, impotente, calunniato, deriso, mentre lasci cadere tra le fiamme il frutto della tua acuta sapienza. Sigillati come tombe erano i tuoi spietati giudici, quando finalmente si era levata una voce che, in un borbottio quasi indistinto, sosteneva di aver trovato scritto, nel libro dello scandalo, che soltanto Dio Padre è onnipotente. Innervosito, il legato del papa aveva obiettato che anche i bambini sanno che tutti e tre i componenti della santissima Trinità sono onnipotenti. Si era allora drizzato di scatto il maestro della scuola di Chartres, Terrico, che per difenderti aveva citato il brano di Atanasio: «Tuttavia non ci sono tre persone onnipotenti: ma un solo onnipotente». A quel punto, il legato pontificio Conone d'Urrach ti aveva invitato a fare una pubblica professione di fede, così da poterla approvare o disapprovare: ed eventualmente correggere. Ti eri allora levato in piedi per professare il tuo credo con le tue stesse parole, ma i tuoi nemici ti obbligarono a leggere un testo già scritto: come se tu fossi un bambino. E, mentre leggevi, sospiravi e piangevi. Poi, come un delinquente, o un peccatore, ti avevano consegnato all'abate di St-Médard perché ti conducesse prigioniero sulla riva sinistra dell'Aisne, nel chiostro lastricato dalle consunte pietre tombali degli antichi re merovingi. Il concilio era stato sciolto subito dopo.

Voci provenienti da fonti sicure mi avevano fornito altre notizie di te. Avevo saputo che eri stato accolto con affetto e comprensione dall'abate e dai monaci. Ma invano avevano cercato di consolarti. E mentre, reso folle dall'esasperazione, avevi più volte levato la voce contro Dio, chiedendogli ripetutamente dov'era quando fosti obbligato a subire l'oltraggio del rogo, non sapevi se ti bruciava più la vergogna, o il dolore, o la disperazione. Tuttavia l'assurdità della condanna alle fiamme del tuo libro sulla Trinità aveva suscitato uno sdegno tanto violento da parte di tutti quelli che ne erano stati informati, che i tuoi stessi giudici avevano finito per addossarsi la colpa l'uno con l'altro, mentre Alberico e Lotulfo si erano addirittura trovati costretti a smentire di aver partecipato al tremendo verdetto. E dopo aver sottolineato che era stato soprattutto il clero dei franchi a volere la tua punizione, pentito per quello che aveva fatto, o forse costretto a dar ragione ai tuoi avversari, il legato pontificio Conone aveva dato ordine di liberarti da St-Médard, permettendoti di tornare nel tuo monastero.

Ma da tempo, oramai, anche St-Denis ti era ostile. I monaci contro i quali non avevi esitato a puntare il dito accusandoli di corruzione e licenziosa condotta, erano riusciti a liberarsi di te sorprendendoti mentre, con la tua solita foga, commentavi positivamente e pubblicamente l'opinione del monaco e storico inglese il Venerabile Beda, nient'affatto convinto che il vescovo di Parigi, fondatore dell'abbazia di St-Denis, e Dionigi l'Areopagita, evangelizzatore delle Gallie, fossero la stessa persona. Il parapiglia che ne era scaturito servì ad accusarti di esserti rivelato per quello che eri: un monaco che in realtà aveva sempre odiato il loro monastero; uno studioso che, denigrando il santo vescovo parigino Denis, aveva attentato al prestigio della corona di Francia. Per aver trovato con tanta facilità l'occasione di allontanarti, l'abate Adamo era addirittura esultante. E dal momento che St-Denis era abbazia regale, era andato a denunciarti personalmente a Luigi VI Capeto, perché ti punisse per aver attentato al suo regno, e alla sua stessa persona.

Sapevo che, in seguito alla denuncia dell'abate Adamo, avevi chiesto di essere sottoposto a un regolare processo, ma che non eri stato ascoltato. Ora, non ti restava che attendere la condanna del re. Con la complicità di pochi monaci amici, fuggisti allora dall'abbazia attraverso un pertugio sotterraneo e segreto, e in compagnia degli scolari che non ti avevano mai abbandonato ti rifugiasti nel piccolo monastero di St-Ayoul, alla periferia di Provins. Il priore, tuo amico da tempo e felice del tuo ritorno, ti aveva accolto amorevolmente. Ma invano avevi chiesto al conte Teobaldo di Champagne, signore del territorio, di intercedere presso Adamo perché ti lasciasse libero di andare dove desideravi. Già moribondo, l'implacabile abate di St-Denis aveva ordinato che lo portassero a St-Ayoul in barella per intimare al priore di consegnarti ai suoi uomini, minacciandoti di scomunica se non gli avessi obbedito.

Non ho mai saputo con precisione con quali sotterfugi riuscisti a rinviare la tua partenza, ma fu una grande fortuna che Adamo nel frattempo morisse. E non appena il suo successore Sigeri, amico d'infanzia e consigliere del re, lasciava Roma in gran fretta per prendere possesso di St-Denis e farne, come ripeteva, il più sfolgorante monumento ai monarchi di Francia, ti eri precipitato da lui per supplicarlo di lasciarti partire. Era sorta una disputa interminabile, e soprattutto il vescovo Burcardo di Meaux, grandioso benefattore dell'abbazia reale, si era opposto alla tua partenza. Con l'aiuto di alcuni intermediari avevi allora rivolto una supplica direttamente a re Luigi e al suo consiglio. Eri stato salvato da Stefano di Garlande, mondano e ambiziosissimo siniscalco reale, che dall'abate Sigeri aveva ottenuto il consenso perché te ne andassi dove volevi. Ma per impedire che il monastero di St-Denis perdesse l'onore di elencarti fra i suoi più illustri ospiti, avevi dovuto garantire che non saresti mai entrato ufficialmente in un'altra abbazia.

Quando già io piangevo disperata la tua scomparsa credendoti segregato in un carcere, o addirittura già sotto terra, mi avevi scritto che eri partito per Troyes, e poco dopo ti eri nascosto in un eremo nella desolata campagna di Quincey. Ti accompagnava soltanto un chierico, e piangendo e pregando avevi gridato al Signore: «Ecco che sono fuggito lontano e sono venuto a stare nel deserto». Impietosito dalla tua povertà, un benefattore ti aveva regalato un pezzetto di terra sulle rive del minuscolo fiume Arduzon, a est di Nogent-sur-Seine. E là, fra le tane delle belve e i covi dei banditi dove di rado si sentiva pronunciare il nome di Dio, col permesso del vescovo Attone avevi costruito con le tue mani un piccolissimo oratorio di canne e di stoppie, dedicandolo alla Santissima Trinità in memoria della disputa che aveva provocato l'ultima delle tue già troppe e spaventose disgrazie.

I tuoi studenti avevano scoperto quasi subito il tuo rifugio e già stavano arrivando da tutte le parti. Per raggiungerti in quell'ondulato e sconfinato deserto, in brevissimo tempo avevano abbandonato i villaggi e le loro città, lasciando comode case per costruire capanne di fango intorno al tuo oratorio, rinunciando ai cibi prelibati cui erano abituati per nutrirsi di erbe selvatiche e di pane duro, disprezzando comodi letti per dormire su paglierici che preparavano con le loro stesse mani, dimenticando le grandi tavole di legno lisciato e scolpito per misere mense direttamente poggiate sulla melma. Ed erano stati tanto industriosi e pronti a qualsiasi rinuncia, che di loro dicesti quello che aveva già scritto Gerolamo: «I sensi sono come le finestre attraverso le quali i vizi entrano nell'anima. Se qualcuno prova piacere a guardare i giochi del circo, le gare di atletica, le smorfie dei pagliacci, la bellezza delle donne, lo splendore delle gemme e delle vesti, la sua libertà sarà ridotta in catene, mentre si avvereranno le parole del profeta, "la morte è entrata attraverso le finestre"».

Ti eri proposto di condurre un'esistenza da anacoreta, e per mortificare la tua carne che ancora sussultava pensando a Eloisa lontana, ti privavi di tutto. Ma più aumentava il numero dei tuoi scolari, e più dura era la vita che dovevano affrontare per ascoltare le tue lezioni, più cresceva anche il numero dei tuoi nemici, che in tanto fervore vedevano motivo di gloria per te, e di vergogna per loro.

Sempre più inviperiti perché tutto ciò che tramavano contro di te si rivoltava, alla fine, contro di loro, soprattutto Alberico e Lotulfo ti calunniavano ferocemente, perché non volevano credere che saresti rimasto volentieri da solo, scegliendo di farti eremita e rinunciando persino allo studio, che pure amavi sopra ogni altra cosa terrena. Nessuno di loro credeva che fosse stata soltanto la povertà in cui vivevi, a farti riprendere l'insegnamento. Che non avevi forza bastante per lavorare la terra e ricavare quel poco di erbe e bestiame di cui avresti dovuto vivere. Che, orgoglioso e altezzoso com'eri, ti vergognavi di mendicare: mentre fu soltanto per questo che, ricorrendo all'unica cosa che sapevi far bene, avevi sfruttato la tua capacità di lavorare con la parola anziché con le mani.

La calunnia non aveva smorzato il tuo ardente coraggio. E fra le capanne di stoppie e di fango, rinunciando a sedere sulla cattedra di legno scolpito e accontentandoti di uno sperone di tufo, riapristi la scuola. Per non distrarre il tuo studio con pensieri di ordine pratico, gli studenti ti fornivano tutto ciò di cui avevi bisogno, si occupavano della coltivazione dei campi, provvedevano alle spese che i già numerosi edifici comportavano. E quando il tuo oratorio non era più stato sufficiente a ospitarli tutti, e fu necessario ingrandirlo, costruirono da soli una casa di pietra e di legno più grande, bellissima.

Avevi dedicato l'oratorio alla Santissima Trinità. Ma ricordando che vi eri giunto disperato, e solo grazie alla divina misericordia qui avevi trovato riparo, in seguito lo chiamasti il Paracleto, «il consolatore». La tua scelta aveva suscitato stupore. Molti ti avevano criticato aspramente sostenendo che non era lecito dedicare una chiesa solo allo Spirito Santo, e neppure soltanto a Dio Padre: mentre sarebbe stato più giusto consacrarla al Figlio. Oppure, come già era all'origine, a tutta la Trinità.

Ti eri nascosto in quel deserto, ma egualmente la tua fama si spargeva per il mondo, e il tuo pensiero si diffondeva. Oramai convinti che da soli non sarebbero riusciti a farti altro male, i tuoi rivali avevano scatenato contro di te il fondatore della congregazione dei canonici regolari Norberto di Xanten, e Bernardo di Chiaravalle, il principale rappresentante dell'ordine dei cistercensi. I due popolarissimi monaci non perdevano occasione di attaccarti spudoratamente, come del resto facevano i religiosi quando sparlavano di te coi laici, divulgando sul conto della tua vita e della tua fede tante mostruosità da terrorizzare persino i tuoi amici più cari. Infatti la paura di essere compromessi era così ingigantita che, se qualcuno provava ancora un po' di affetto per te, preferiva negarlo. Eri solo, ti sentivi minacciato e insidiato. «Ogni volta che venivo a sapere che da qualche parte si riuniva un'assemblea di uomini del clero, credevo che la tenessero per condannarmi» avevi scritto nella lettera all'amico a me sconosciuto; e come un eretico, o un sacrilego, ti aspettavi da un momento all'altro di essere preso e trascinato davanti a un concilio, o un tribunale. Angosciato e smarrito, nelle tue rare lettere mi confidavi che mille volte ti eri lasciato andare alla disperazione, e un giorno avevi addirittura pensato di abbandonare per sempre le terre cristiane per andare a vivere fra gli infedeli dove, anche a costo di pagare con la vita, avresti finalmente raggiunto la pace. Dopotutto i cristiani e i monaci con i quali avevi a che fare erano ancora più crudeli e perfidi degli stessi pagani; e disperato affermavi che di sicuro saresti stato accolto molto volentieri dai nemici di Cristo, che sapendo benissimo di quali colpe eri accusato all'interno della tua religione, avrebbero tentato di convertirti alla loro.

Al pensiero di te in quel pericolo, sforzandomi di nascondere i miei sentimenti durante la mia interminabile, angosciosa giornata, trascorrevo le notti ad aspettare notizie sul tuo conto. Ogni cavallo, ogni carro, ogni viandante che si avvicinava al monastero di Argenteuil, mi spaccava il cuore. Ogni cigolio del portone che chiudeva le mura ricoperte di edere del nostro antico edificio, staffilava i miei fianchi. Pregavo Dio di farmi avere una tua lettera, e senza vergogna lo scongiuravo ricordandogli che ero ancora tua moglie, e niente poteva impedirmi di temere per la tua incolumità. Precipitai nel più straziante dolore quando scrivesti che consideravi la tua vita oramai inutile per te, per me, per tutti gli altri: e che eri disperato per questo. Mi scrivesti che eri deluso di te. Avevi lasciato i tuoi studenti per dedicarti ai monaci, senza tuttavia riuscire a combinare nulla di buono, per gli uni e per gli altri. Vani erano risultati tutti i tuoi sforzi, e chiunque avrebbe potuto dire di te che avevi cominciato a costruire bene, ma non eri riuscito a completare il tuo lavoro. Ti disperavi tanto, che le sventure di un tempo ti erano sembrate sciocchezze, al confronto.

Il tuo dolore era infine esasperato dal fatto che, a causa della povertà del luogo dove vivevi, da quando avevi lasciato il Paracleto non ti era più stato possibile celebrare la messa.

La sorte non ti mandò fra gli infedeli, ma ti spinse ancora più lontano da me. Dopo la morte del suo abate, nell'episcopato di Vannes era rimasta vacante l'abbazia di St-Gildas de Rhuys, la più antica della Bretagna. I suoi monaci avevano fatto concordemente il tuo nome, e con l'assenso del duca Conone IV, signore del paese, eri stato invitato a guidarli. Strappato al Paracleto, avevi interpretato il tuo trasferimento a St-Gildas come «un esilio in Occidente» architettato dai tuoi nemici franchi. E ti conoscevo troppo bene per non sapere che non avresti mai accettato quell'incarico, se almeno non avessi sperato di sottrarti ai soprusi di cui eri vittima da troppo tempo.

Mi scrivesti da un paese selvaggio, di cui non conoscevi nemmeno la lingua, fra una popolazione rozza e volgare dove tutti assistevano impotenti alla condotta anarchica e sconcia dei monaci di St-Gildas. E come colui che per paura della spada che gli pende sul capo si getta in un burrone, sperando di ritardare la morte anche solo di un attimo, passasti soltanto da un pericolo all'altro. «Dall'estremo lembo della terra ti ho invocato, Signore, mentre il mio cuore era in preda all'angoscia» avevi gridato sulla sponda scoscesa di quell'oceano impetuoso, dove la terra che sprofondava nel punto in cui cominciava il mare ti impediva ogni possibilità di fuga.

Chi ti conosceva non poteva ignorare quale angoscia tormentava giorno e notte il tuo cuore quando, già preoccupato per i pericoli materiali e spirituali ai quali eri stato esposto, ti eri scontrato con quella masnada di monaci ribelli. Non facendo tutto quanto potevi per recuperare gli uomini che ti erano stati affidati, sapevi che ti saresti dannato per sempre. Ma erano battaglie perse in partenza. Eri lontanissimo e solo. Come se non bastasse, il signore del paese aveva approfittato del caos dentro il tuo monastero per ridurre alla miseria l'antica abbazia, impadronendosi di tutti i terreni e pretendendo un tributo ancor più pesante di quello che abitualmente imponeva agli ebrei. Tormentato all'esterno dal signore e dai suoi sgherri, all'interno eri incessantemente torturato dai monaci che ti assalivano con le loro beghe private perché, ridotti all'estrema povertà, avevano dovuto trar fuori dalle loro borse il denaro per mantenere se stessi, le concubine, i figli, le figlie.

La comunità di St-Gildas non possedeva infatti più niente. Tutti arraffavano quel che potevano, e tutti aspettavano con impazienza di vederti diventare meno rigoroso, o addirittura che te ne andassi, quando non ti fosse più riuscito di far quadrare i conti, dal monastero che ti era stato affidato. In quel paese bruciato dalla salsedine e flagellato dal vento, abitato da gente ribelle a qualsiasi forma di legalità o civiltà, non potevi chiedere aiuto a nessuno. E comunque, io ti conosco abbastanza per sapere che non saresti sceso a nessun compromesso.

Mentre ti dibattevi nell'inferno bretone, una tremenda disgrazia piombò su di me e sulle mie consorelle. Amico personale di re Luigi VI Capeto, e autore di una sua biografia dove ne sottolineava le virtù soprannaturali, ideatore ambizioso e sontuoso del progetto di ammodernamento di St-Denis, Sigeri lavorava assiduamente per fare, della sua antica abbazia il simbolo più solido e alto dell'impero franco. E falsificando le carte di un patto che Carlo Magno aveva strappato alla figlia Teodrada, secondo il quale il monastero di Argenteuil le era stato affidato con la promessa di riconsegnarlo, morendo, alla gestione di St-Denis, ne aveva rivendicato la tutela. Riconosciuto responsabile dell'Argenteuil anche con l'appoggio del papa Onorio II, e per giunta accusandoci di condotta immorale, Sigeri ci aveva letteralmente gettate sulla strada. Ti scrissi chiedendoti di aiutarci a non disperdere il nostro gruppo di monache abbandonate e sconvolte. Tornasti allora nella piana desolata di Nogent-sur-Seine, e ci invitasti a raggiungerti. Ora, il nostro viaggio sta per finire. Le mie sorelle digiunano e pregano ad alta voce. Io trattengo a fatica il mio cuore, che a ogni giro di ruote di questa cigolante carretta pare balzarmi fuori dalla gola. Si è invece pietrificata la mia immaginazione. Non riesco a pensare a come ci ritroveremo.

Ci hai aspettato al Paracleto, non ci vedevamo da quasi otto anni. Sono ancora giovane, io. Tu, quasi un vecchio. Ti amo ancora, io. Invece, oramai, tu sei tutto di Dio. Ci hai accolto come un padre, e prima di tornare in Bretagna ci hai regalato con un atto ufficiale il monastero che ti appartiene e il terreno che lo circonda. Impegnandoti a ottenere una regolare Bolla pontificia da papa Onorio II, mi hai nominato badessa: e questo è stato l'unico segno di un affetto particolare per me. Invano, nei giorni e le notti che abbiamo trascorso sotto il medesimo tetto, nei tuoi occhi ho spiato un fremito, uno di quei brevi ma fulminei bagliori che avrebbero potuto farmi sperare che ricordavi qualcosa della Eloisa terrena. Eri finalmente con me, eppure eri lontano. La pietra di una tomba sulla quale, chi ancora anela di sentire la presenza dell'altro, si inginocchia implorando un segno di vita. Ma tutto, dalla terra al cielo, è ormai muto e sordo per sempre.

Dopo averci spalancato amabilmente le braccia al termine del nostro lunghissimo viaggio verso il Paracleto, sei scomparso. Mi è parsa una fuga, sembrava che tu non vedessi l'ora di ripartire. La tua scorta non era ancora pronta, quando improvvisamente sei balzato a cavallo. Hai evitato di salutarmi da sola, negandomi la consolazione di un abbraccio, di un bacio. Hai potuto farlo perché sai quanto ti amo. Se tu fossi meno sicuro del mio amore, saresti infatti più premuroso, più dolce. La colpa è mia. Sono stata io a darti tante prove, forse anche troppe. Mentre ti allontanavi, siamo accorse tutte insieme dal chiostro, e tutte insieme abbiamo teso le mani verso di te. «Scrivimi» ho fatto in tempo a sussurrarti. Sono salita fino al punto più alto della casa. Non ti sei girato, non mi hai fatto neppure un cenno.

Ho seguito la tua carovana finché i miei occhi non si sono annebbiati in un mare di lacrime: e non ho visto che rosso, un rosso ardente, una viva striscia di fuoco lungo le curve estreme di queste colline deserte. Da quando sei entrato nella mia casa per prenderti la mia innocenza e il mio amore, e fin dal primo momento in cui ti sei incamminato verso Dio, non ho fatto che seguirti. Anzi, poiché mi hai portato in convento subito dopo il nostro matrimonio, ti ho addirittura preceduto. A ogni sussulto, a ogni battito di questo cuore impazzito, mi chiedo perché hai deciso che mi facessi monaca prima di te. Non ti fidavi? Pensavi forse alla moglie di Lot, che fuggendo coi figli e il marito si era girata a guardare la città che lasciava, trasformandosi in una statua di sale?

Soffro enormemente di questa mancanza di stima nei miei confronti, e ne provo addirittura vergogna. Dunque, Abelardo dubita di Eloisa; di Eloisa che non esitò un istante a precederlo, e sarebbe stata disposta a seguirlo anche nel cratere di un vulcano: bastava che glielo avesse ordinato. Dio mi è testimone che la mia anima non è mai con me, ma con te. E anche ora, se non è con te, non è da nessuna parte: perché senza di te non può stare. Il dono che ti ho fatto mi costa un prezzo smisurato, che tuttavia non mi persuade.

Il luogo dove ci hai ospitato è selvaggio, ma più nessuno potrà cacciarci da qui. Abitiamo le casupole che, prima di noi, hai abitato coi tuoi amici e scolari. E mentre, tutte insieme, ci inginocchiamo davanti all'altare che hai costruito con le tue mani, il mio pensiero fugge si ribella e va oltre. Ti cerco dappertutto. Come un cane voglioso annuso sul tuo scrittoio i calami disseccati, i resti ingialliti della cartapecora, l'Evangelario di cuoio e di rame che ci hai lasciato in dono. Come una cieca, tasto la panca e la cattedra che il tuo corpo ha scaldato, bacio i gradini dove hai posato i piedi, sfioro con la guancia il piatto giaciglio dove, dopo aver rinunciato a me, avevi trascorso da solo innumerevoli notti. Ti cerco nell'aria, nel sole, nel buio. Ti cerco dappertutto, ma non riesco a trovarti.

Non scrivi quasi più. Trafitta dall'immutabile disegno delle regole benedettine, la mia vita prosegue monotona e rigida: e così sarà fino alla fine dei miei giorni. A ogni scoccare delle ore destinate alla preghiera, come tutte le altre consorelle interrompo le mie occupazioni per avviarmi in chiesa, ma senza correre, e prendere il mio posto nel coro, dove mi è concesso di avere soltanto il libro dei Salmi, che recito a voce alta e comprensibile. Teniamo tutte un tono basso per le salmodie e per le laudi, così che possano cantare anche le sorelle più deboli. Sono obbligata ad alzarmi ogni tre ore per la veglia notturna, dopo la quale ritorno a dormire fino al suono del «mattutino». Uscita dal dormitorio mi lavo, per poi sedermi nel chiostro a leggere o cantare, fino a quando non ordino di far suonare la campana che ci convoca tutte insieme nella sala capitolare per interpretare un brano del Martirologio, dedicarci a conversazioni edificanti e commentare qualche passo della Regola, esponendo proposte per modificarla o abolirne alcuni punti, quando è necessario. Inoltre coltivo l'orto, curo gli animali, ricopio i Salmi in bella scrittura. Di nuovo medito, prego, giro ossessivamente intorno al pozzo del chiostro cantando inni di gloria e ringraziamento al Signore. Come un automa. E aspetto una tua lettera, un segnale di vita. Qualcosa che mi dica che mi ricordi, mi pensi.

Non scrivi più. Un tempo, quando eri preda dei tuoi sensi. Quando mi cercavi per soddisfare le tue voglie. Quando non potevi fare a meno di me, mi scrivevi spessissimo, e coi tuoi poemi d'amore mettevi il mio nome sulla bocca di tutti. E più il mio corpo incendiava il tuo desiderio, più il mio nome risuonava nelle case e nelle piazze. Ora mi sento così sperduta da chiederti di incoraggiare almeno all'amore di Dio la donna che un giorno avevi incitato al piacere.

Ti prego, Abelardo carissimo. Aiutami soprattutto a convincermi che solo Cristo, mio salvatore, mi ha veramente amata. E non tu, che mi hai abbandonata. Io ti ho veramente, profondamente amato. Finché ho goduto insieme a te i piaceri della carne, qualcuno avrebbe potuto chiedersi se lo facevo per amore, o soltanto per soddisfare i miei sensi. Ma dopo la mia estrema rinuncia al mondo, e a te, per volere tuo, non c'è più bisogno di dimostrare quale sia il sentimento che mi ha sorretto fin dall'inizio. Per obbedire al tuo ordine, ho rinunciato a qualsiasi piacere. Per te mi sono annullata, non ho conservato niente per me: se non la possibilità di essere tua, soltanto tua.

Siamo al riparo, ma abbiamo fame e freddo. Non ci aiutano, la gente qui non è buona. Ci sopportano come intruse, ed è una fortuna se non ci hanno ancora tagliato la gola. Applico severamente i compiti e le gerarchie della Regola che tu ci hai raccomandato. Dopo di me, badessa del Paracleto, viene la maestra del coro: conosce la musica, tiene lezioni sul modo di cantare, di leggere, di scrivere, di comporre, e custodisce l'armadio dei libri che, all'occorrenza, fa copiare e restaurare dalle altre monache. La sacrestana si cura invece dell'oratorio, ha funzioni di tesoriera e raccoglie le offerte, si occupa dei libri sacri, degli addobbi per l'altare, delle reliquie, dell'incenso, delle lampade e dell'orologio, suona le campane nelle ore stabilite.

La guardarobiera provvede a tutto quanto riguarda l'abbigliamento, ma si occupa anche delle novizie. Fa inoltre tosare le pecore, procura il cuoio per le calzature, coltiva il lino e raccoglie la lana, controlla la tessitura della tela, distribuisce alle sorelle ago, filo e forbici, fa tagliare e lavare lenzuola, tovaglie, tovaglioli. La dispensiera cura invece la dispensa, il refettorio, il mulino, il forno, gli orti, i giardini e il bestiame, compresi gli uccelli. Le è comunque vietato di prepararsi piatti a parte, o tenere per sé quello che ha tolto alle altre. La portinaia riceve gli ospiti e chiunque si presenti alla porta. Deve annunciarli, condurli dove occorre, rispondere, respingere. È mio compito sceglierla con la massima cura, perché sia in grado di distinguere le persone, e sappia che una risposta dolce placa la collera, mentre una parola pungente eccita l'ira. Distribuisce anche cibi e vestiti ai poveri, e deve soprattutto sapere come tener fuori dal monastero le voci del mondo, che tanto turbamento possono portare fra noi. Nel convento sono infatti ammesse soltanto le donne. Se si presentano poveri e mendicanti, laviamo i loro piedi tutte insieme: me compresa.

«Non c'è legge per i malati» dice il proverbio che deve conoscere la nostra infermiera, che infatti distribuisce la carne alle sorelle ammalate, a eccezione del venerdì, o degli altri giorni di digiuno. Deve preoccuparsi di tenere lontana dal peccato la sorella che ha paura di morire, soprattutto tacendo e pregando. Inoltre, le procura le medicine, esegue i salassi, e non le fa perdere la messa, facendo in modo che possa ricevere la comunione almeno la domenica. Le punizioni sono rigorose, e se una monaca assiste a un errore di un'altra, senza però denunciarla, la prima viene punita ancora più della colpevole. Chi si accusa di aver sbagliato, riceverà una pena più leggera di quanto è prescritto. Ma nessuna ha diritto di scusare una colpevole, o di punire una compagna: a meno che non le sia stato ordinato da me, la badessa. Certe cose, però, io non le posso fare. Soltanto le vergini hanno infatti il permesso di macinare il frumento per preparare le ostie, di impastare e cuocere la farina e l'acqua per confezionarle, di toccare e lavare i lini dell'altare.

La nostra vita è difficile. Tranne qualche monaco errante che ogni tanto viene a celebrare una messa o a confessarci, di qui non passa nessuno.

Ma basta poco, per rendersi conto della nostra povertà. E quasi vana risulta la Regola che ci impone un'esistenza scabra, quasi da anacoreta. Per quanto riguarda il vitto, ci è vietato il superfluo. Ma anche senza quest'ordine saremmo costrette a scegliere soltanto quello che costa meno. Non possiamo concederci il vino che tuttavia, se potessimo, benché mescolato almeno a una quarta parte di acqua, berremmo volentieri ogni tanto. Ed era inutile vietarci il fior fiore della farina, quando a quella per pane e minestre dobbiamo aggiungere almeno un terzo di crusca. (Di regola, invece, non mangiamo il pane fresco di forno, ma vecchio di almeno tre giorni.) L'uso delle carni ci sarebbe concesso, purché moderato, «perché sappiamo che ci sono religiosi anche di altissimo rango che si privano della carne», ci hai ricordato in una tua lettera «ma in compenso si ingozzano di pesci prelibati o altre ricche vivande». Raramente, però, come prescrive la Regola, riusciamo a mangiare la carne una volta al giorno il martedì, il giovedì e la domenica: e per forza le porzioni non sono mai doppie, per forza non possiamo accompagnarle con altre pietanze.

Nei giorni in cui non si mangia la carne, dovremmo consumare due razioni di legumi, cui potremmo aggiungere il pesce: ma questo accade soltanto quando le acque del nostro ruscello sono generose con noi. Il venerdì ci è vietato condire i cibi col grasso, così come non abbiamo il permesso di usare gli ingredienti che rendono più saporita la pietanza. Ci è concessa la frutta soltanto per cena, ma dobbiamo accontentarci di quella che cresce nella nostra regione. Se una monaca desidera spegnere gli ardori della carne col digiuno, prima deve parlarne con me, la badessa. E benché, come avrai già capito, abbiamo ben poco da mangiare e da bere, non osserviamo l'usanza, purtroppo in vigore nella maggior parte dei monasteri maschili, di asciugare le mani e pulire i coltelli coi pezzi di pane che avanzano: che invece preferiamo distribuire ai poveri.

Per vivere nella più assoluta povertà, la Regola benedettina ci vieta anche le vesti preziose, poiché niente è ritenuto più adatto alle monache della stoffa nera e della pelle d'agnello. I veli non sono di seta, ma di comune lino. Indossiamo camicie di lino sempre ben pulite, che servono anche per dormire. Per coprirsi, ci basta una sopravveste di cuoio e un mantello per il freddo. Il mantello ci serve anche da coperta. Per non sollevare la polvere, l'orlo dell'abito non supera quello del sandalo. Le maniche non oltrepassano mai la lunghezza della mano, come invece vorrebbe la moda di oggi. Stinchi e piedi sono coperti con scarpe e zoccoli. Ma nessuna di noi può andare a piedi nudi col pretesto di far penitenza. Ogni monaca deve coprirsi il capo con una benda bianca sormontata da un velo nero, sotto il quale può mettere un berretto di pelle d'agnello, qualora le siano stati rasati i capelli. Le donne che hanno fatto voto di castità già prima di entrare in convento, hanno ricamato col filo bianco un segno di croce sul velo proprio al sommo della fronte. Dormiamo separatamente. Ogni letto è fornito di un solo materasso imbottito, un guanciale, una coperta e un lenzuolo di lino.

Seguirò diligentemente il tuo consiglio di evitare di formare una comunità eccessivamente numerosa, perché altrimenti i bisogni aumenterebbero costringendomi, in quanto badessa, a uscire troppo spesso dal monastero. Nessun abate può intrattenersi da solo con me. Nessun monaco può entrare senza permesso nel monastero. Nessuna monaca può oltrepassare il muro di cinta. Chi infrange l'ordine, uomo o donna che sia, viene immediatamente cacciato.

«È la saggezza che deve misurare ogni peso e misura, seguendo la natura senza farle violenza» ci hai ripetuto prima di lasciarci. Ma ci hai consolato aggiungendo: «Per chi è debole, sarà sufficiente evitare il peccato, e non è il caso che raggiunga la perfezione. Poter sedere in un angolo del Paradiso è infatti già tanto: e pazienza se non si potrà tener compagnia ai martiri».

La povertà del Paracleto si riflette anche in chiesa, dove i paramenti non sono lussuosi, però pulitissimi. Tranne un calice d'argento, la Regola ci vieta di tenere arredi d'oro o preziosi e, a eccezione delle stole, non abbiamo il permesso di ornare l'altare con stoffe di seta. Sopra l'altare possiamo però avere una croce di legno sulla quale, volendo, potremo dipingere un'effigie del Salvatore. Ma non possiamo arricchirlo con altre statue di carattere sacro. Per l'altare, deve infatti bastarci un'immagine sola. E basteranno anche due sole campane. All'ingresso dell'oratorio, abbiamo sistemato un bacile di legno per aspergerci di acqua benedetta entrando e uscendo.

Siamo povere oltre la Regola, come avrai facilmente capito. E tutti accusano te. Dicono che non fai quello che dovresti fare per aiutarci. Dicono che dovresti sfruttare la tua abilità, e procurarci un po' di denaro venendo qui a predicare. Dio lo voglia, non faccio che aspettarti. Dovunque io vada, il ricordo di ciò che ho perduto mi balza subito agli occhi, aumentando un desiderio che non mi abbandona mai. Le immagini del nostro amore mi perseguitano anche quando dormo. E persino durante la messa, quando la preghiera dovrebbe essere pura, i fantasmi delle nostre gioie terrene mi afferrano e mi dilaniano l'anima. Troppo dolci sono stati i piaceri d'amore che abbiamo conosciuto insieme, perché io possa dimenticarli. Non riesco a pregare, la nostalgia mi tormenta. Sono ancora troppo giovane. E invece di piangere, pentita di quello che ho fatto, piango e rimpiango quello che ho perduto.

Sei tornato, ripartito, e tornato ancora. Sei un vero padre, ci aiuti, non ci lasci sole. Del resto, come potrei, io da sola, affrontare il diluvio delle perfidie che ci rovesciano addosso. Era prevedibile che dopo i ripetuti viaggi per venire fin qui, ti accusassero di aver ceduto un'altra volta al richiamo dei sensi. E dal momento che, per raggiungerci, devi ogni volta attraversare con immani fatiche il territorio dei franchi, si mormora che Abelardo non riesca a lasciar passare un solo giorno senza vedere Eloisa. La galoppata che hai compiuto fra alluvioni e briganti per raggiungere a Morigny papa Innocenzo II mentre stava andando in Germania, e chiedergli il riconoscimento legale della tua donazione del Paracleto alla nostra comunità, ha scatenato anche l'ira del tuo vecchio maestro Roscellino. E non appena mi è stata consegnata la Bolla dove il pontefice mi nominava ufficialmente badessa del monastero, ha scritto e ripetuto a tutti che indennizzi «la tua amante» richiamando al Paracleto folle di studenti e di laici che ti ascoltano e lasciano collette per te, e per noi. Per i ripetuti e ossessionanti attacchi alla tua reputazione, anche quando eri qui, noi due abbiamo sofferto insieme, e molto. E tante volte, mentre amaramente giuravi che l'oltraggio inflitto al tuo corpo è niente, al confronto, ti ho sentito affermare che «una buona reputazione vale più di molte ricchezze».

La calunnia ci feriva perché eravamo innocenti. La sera, dopo aver ordinato alle monache di ritirarsi nelle loro celle, chiusi dentro la stanza che non ci era più concesso dividere durante la notte, fissandoci smarriti ci chiedevamo che cosa accadeva a Gesù Cristo, quand'era circondato di donne: e per di più integro, con un corpo che non aveva subìto la tua mutilazione, se avesse avuto a che fare coi tuoi avversari. E senza riuscire a darci risposta, inutilmente ci siamo domandati come erano riusciti a passare indenni attraverso la maldicenza tutti quei monaci che, come te, avevano fondato monasteri femminili, e personalmente se ne erano occupati.

Ti sono immensamente grata. Hai resistito a lungo, e nonostante le chiacchiere hai rifiutato di abbandonarci, andando e tornando per quasi un anno. Dall'alto della tua saggezza, anche tu sei convinto che il sesso più debole abbia talmente bisogno di quello più forte, da spingere la Chiesa stessa a decretare che l'uomo sia il capo della donna.

Comunque, lasciami dire una cosa. Ti ho sempre ammirato, ho sempre avuto una fede immensa nella tua intelligenza. E però mi sento irrimediabilmente più giovane di te. Hai quasi cinquant'anni, e so bene che il tempo riesce ad appannare anche le menti più fulgide. Ti ho ascoltato incredula, infatti, quando mi hai ricordato che l'apostolo Paolo aveva ordinato alla donna di portare il capo velato in segno di sottomissione all'uomo. E intenerita ho sorriso della tua meraviglia, quando osservavi come i tempi non sono più quelli di prima, soprattutto riguardo alla donna.

Tu non sei d'accordo, come sta invece accadendo, che ora ci siano anche monasteri dove le monache vivono sotto la tutela delle badesse, e non più dell'abate; e assisti sempre più sbalordito al «capovolgimento dell'ordine naturale delle cose», come tu lo definisci.

«Oramai si vedono badesse e monache comandare ai chierici», ti ho sentito bofonchiare perplesso. Per quanto acuto e molto avanzato in materia teologica e filosofica, mi sembra che tu sia rimasto nel profondo un misogino, mantenendo delle donne un concetto ristretto, meschino. «Sappiamo benissimo che le monache possono indurre i chierici al desiderio più turpe: e questo risulta tanto più facile a loro, quanto maggiore è il loro potere» hai borbottato fissandomi cupamente mentre, indignato, osservavi che noi siamo capaci di esercitare il potere anche in modo durissimo. E citando Giovenale, tanto caro ai cristiani per il modo spietato con cui attacca «i vizi delle donne», ripetevi convinto: «Non c'è niente di più insopportabile di una donna potente».

Il tempo dell'attesa continua, imperterrito. Sono ancora qui a implorarti di tornare non appena ti sarà possibile. Invece, il tempo passa e tu diradi le visite. E scrivendo sempre più raramente, mi spieghi che hai deciso di farlo perché la condotta dei frati ribelli reclama la tua presenza al monastero di St-Gildas. Inoltre, hai aggiunto che non vieni più tanto spesso perché io devo cercare di imparare a vivere e fare da sola, occupandomi personalmente delle monache che mi sono state affidate. «Ho pensato che una donna come te non ha bisogno di aiuto» mi hai scritto. «Tu da sola, con la tua parola, sei in grado di ricondurre chi sbaglia sulla retta strada, di confortare chi è scoraggiato, di esortare chi è incerto.»

Sei bravo, a lusingarmi. L'hai sempre fatto. È così che hai saputo chiedermi sacrifici, rinunce, la mia stessa vita. La mia abilità nel fingere ti ha ingannato, come del resto ha ingannato tutti. Come gli altri anche tu hai attribuito a un sentimento di devozione religiosa quello che altro non era che ipocrisia: e così ti sei raccomandato alle mie preghiere, senza sapere che quello che tu chiedi a me, io lo aspetto da te.

Non sopravvalutare i miei meriti, ti prego. Non smettere neanche per un attimo di aiutarmi. Io non sono affatto guarita, io non posso fare a meno della tua medicina. Non credere che non abbia più bisogno di te e delle tue attenzioni. Sono tanto debole, senza di te, che potrei cadere prima che tu mi raggiunga per tenermi in piedi.

Infine, per favore, evita di lodarmi continuamente, se non vuoi apparire ai miei occhi un volgare adulatore, un perfido bugiardo. E se proprio ti sembra di trovare in me qualcosa di buono, stai bene attento, perché le tue lodi potrebbero cancellarlo col vento della vanità. Per quel che mi riguarda, più le tue lodi mi lusingano, più sono pericolose. Infatti, preferisco che tu manchi di fiducia nei miei confronti, perché solo così non avrai il coraggio di negarmi la tua affettuosa attenzione. Ma è adesso, che non ti devi fidare delle mie forze; è adesso: perché il tuo silenzio, e la tua smisurata lontananza da me, non acquietano né saziano le mie ancora ardentissime voglie. E per esortarmi alla virtù, per incoraggiarmi a combattere le tentazioni, per favore non dirmi che sono proprio le tentazioni a rafforzare la virtù. Io rifiuto la corona della vittoria contro la tentazione della carne. Mi basterebbe imparare come fare a evitarlo.

Scrivimi, almeno. Come potrò sperare da te un aiuto materiale, se sei così avaro persino di parole? E pensare che finora avevo creduto di poter ottenere tutto da te, visto che ti ho sempre obbedito, e anche adesso non smetto di farlo. Io non aspetto nessuna ricompensa da Dio, perché non ho fatto niente per lui, almeno finora. Ricordati una volta per tutte che ho accettato di sacrificare la mia giovinezza nell'austerità del convento non per vocazione, ma solo per obbedire a un tuo preciso ordine. E ora giudica tu, a che cosa è servito tutto ciò, se non mi degni neanche di una parola. E tu sei ingiusto, trascurandomi come fai ora nonostante quello che ho fatto per te. Hai quasi dimenticato che esisto. E pensare che quello che ti chiedo è ben poco, e per te facilissimo.

Mio bene: finalmente, di nuovo una visita. Ma rimani sempre di meno con me. Dopo aver resistito alle calunnie fin che hai potuto, sei partito per la Bretagna promettendo, come d'abitudine, che saresti ritornato presto. Invece, questa volta sei scomparso da troppo tempo. Ti invio l'ennesima lettera perché le altre sono finora rimaste senza risposta, per chiederti ben poca cosa. So benissimo che scrivermi non ti costa molto, e credo che non ti sarà difficile accontentarmi facendomi giungere la tua amatissima immagine attraverso le parole. In nome di Colui al quale ti sei consacrato, fammi il dono della tua presenza nel solo modo che ti è possibile: facendomi avere una parola di conforto. Ti prego di farlo, perché io possa trovare nelle tue lettere la forza di dedicarmi con più dedizione al servizio di Dio.

La morte è giunta anche qui, e noi ci siamo trovate pronte a riceverla. Quando infatti abbiamo visto perduta ogni speranza per la nostra sorella malata, una monaca ha compiuto l'intero giro del monastero a passi veloci percuotendo ripetutamente una tavoletta di legno, così che tutte potessimo sentire il segnale e raggiungere l'agonizzante per recitare le litanie, i Salmi, le preghiere dei moribondi. Come ci è stato prescritto, sono stati convocati anche due monaci anziani, e un diacono con l'olio santo che però se n'è andato senza vedere nessuno, tranne la morente, e senza essere visto. Tutte insieme abbiamo assistito al rito in silenzio e al di là di una grata. Abbiamo lavato la morta, l'abbiamo rivestita di una camicia pulita e di poco prezzo, calzata di un paio di sandali, e infine l'abbiamo deposta sul feretro col capo avvolto in un velo. Le abbiamo inoltre cucito addosso gli indumenti, stringendoli al suo corpo con dei legacci robusti, perché non le dovranno mai più essere tolti. Siamo state noi monache a trasportare in chiesa la salma della nostra sorella. Sono stati i monaci che invece l'hanno seppellita, mentre noi non cessavamo un solo momento di salmodiare. In questo momento fatale, in quanto badessa, diverso sarà il mio destino: il mio corpo dovrà essere stretto anche dentro un cilicio di grossa tela, che mi verrà cucito tutto intorno come un sacco. E questo perché colei che in vita è stata posta al di sopra di tutte le altre, dovrà accettare di scomparire nel nulla.

Per quel che mi riguarda, nel nulla io sono scomparsa anche già prima di morire.

Mio bene: invano sono passata attraverso le prove di pazienza che tu stesso mi hai chiesto. Ma questa volta sono inutili le tue ammonizioni, e vane le tue sante prediche. Io non posso fare tutto da sola. E neppure lo voglio. Pretendo il tuo aiuto. Tu hai piantato un campo del Signore in questa landa selvaggia, e te ne siamo grate. Ma ricordati che, per far crescere i teneri virgulti di cui è ricca, questa vigna ha bisogno di essere annaffiata. Questo campo è delicato, e lo è proprio a causa della nostra debolezza di donne. Del resto, è inutile che io mi metta a coltivare una vigna che hai piantato tu. Quindi, mio caro, pensa a quello che puoi fare per noi, invece di sciupare il tuo tempo a curare quella di St-Gildas, piantata da un altro, e che hai ereditato già marcia. Stai spendendo le tue energie per istruire e guidare gente che non vuole essere istruita, e tantomeno guidata. Stai gettando le perle ai porci. Invece di sprecare il tempo con persone che non ti ascoltano, pensa piuttosto a quello che dovresti dare a chi ti aspetta sempre, e ti obbedisce. Se ti sacrifichi tanto per chi non ti vuol bene, che cosa dovresti dare alle tue figlie? Comunque, lasciando stare le altre, pensa almeno quanto sei debitore a Eloisa.

Abelardo carissimo: dona a Eloisa, che è solo tua, l'affetto che dovresti dare a tutte le altre messe insieme. E scrivimi, almeno.

Non scrivi più. E più si fa lungo il tuo silenzio, più le mie notti si consumano scrutando la linea di queste basse colline dove, col fiato sospeso in fondo alla gola, attimo dopo attimo aspetto di scorgere il lume del tuo messaggero che scende volando dal nord. Ti ho scritto quasi ogni giorno, elencandoti persino gli esempi di un grande passato quando, per istruirle, esortarle e consolarle, i fondatori dei monasteri preparavano interi trattati di comportamento per le loro sorelle monache. Intelligente come sei, sai meglio di noi con quanto zelo noi povere donne ci siamo dedicate a questo lavoro. E stupefatta constato da quanto tempo hai dimenticato gli inizi così fragili e teneri della nostra vita monastica. Ma niente: né il rispetto di Dio, né l'amore per me, né l'esempio dei Santi Padri, sembrano capaci di convincerti a confortare e aiutare con le tue parole, o almeno con una lettera, questa povera Eloisa travolta dai dubbi, che si sente quasi morire per il lungo dolore che soffre.

Sto male. Il Signore, che non mi pento di chiamare crudele perché ha permesso l'oltraggio di cui fosti vittima, in definitiva si è comportato con te come un buon medico che, per assicurargli la guarigione, non ha esitato a far soffrire il paziente. Purtroppo, a me non è stato concesso il tuo stesso destino. Io sono integra, il mio corpo è giovane, sano, ancora facile preda dei sensi. Ti ho sempre in mente. Da ogni parte io guardi, vedo soltanto te e tutto quello che abbiamo fatto insieme: le stanze, i corridoi, gli angoli dove ci siamo amati, i momenti in cui siamo stati vicini. E tanto forte è la mia immaginazione, che mi pare di essere ancora con te, in quei luoghi, mentre facciamo le stesse cose di un tempo. Non posso calmarmi neppure quando dormo. E spesso, da un movimento del mio corpo, da una parola che mi sfugge, sarebbe facile capire quello a cui sto pensando.

Sono talmente infelice che invoco giorno e notte la morte, o almeno quella misericordia di Dio che tu, senza chiedere, hai già ricevuto attraverso la sanguinosa ferita che ti ha liberato dai lacci dei sensi e guarito dalle piaghe dell'anima. Non sono ancora stata esaudita. In questa sterminata e disperata solitudine, il ricordo del piacere che ho provato raddoppia il mio desiderio. E mentre il tempo dilata spaventosamente le distanze fra noi, mi assale un pensiero atroce, che non riguarda me, ma te soltanto, e che tutti hanno sospettato ancora prima di me. Non è stato l'amore a legare Abelardo a Eloisa: ma i sensi, il desiderio, l'attrazione del suo corpo e della sua pelle. E quando il desiderio si è spento, con lui sono scomparse anche le manifestazioni d'affetto che erano servite ad Abelardo per mascherare le sue vere intenzioni. Mi auguro, fortissimamente, che si tratti soltanto di una mia sensazione, e che il mio amore abbia inventato una scusa, un pretesto, per calmare un poco, ma non più di tanto, il dolore di dover vivere separata da te. Del resto, anch'io cerco di trovare dei buoni motivi per scusarti e, nello stesso tempo, in qualche modo mascherare la mia condizione tristissima. Ma non sono la sola a pensare così. L'orrenda certezza che tu mi abbia ingannata, e che tu mi abbia voluta soltanto come si vuole una femmina, oramai è di tutti.

Prima ancora di ricevere notizie direttamente da te, altri mi hanno raccontato le cose tremende che ti sono accadute in Bretagna. E quando finalmente mi hai scritto, tutto mi è risultato più chiaro. Sono stati i tuoi turbolenti monaci a renderti impossibile anche la più breve assenza dall'abbazia di St-Gildas. Mio povero bene. Mentre io ti aspettavo, rimproverandoti di avermi dimenticata, giorno e notte dovevi difenderti dalle subdole e brutali congiure degli incorreggibili e tremendi perversi che, eleggendoti loro abate in un tempo neppure lontano, si erano messi spontaneamente nelle tue mani. Ovunque ti girassi, ti piombavano addosso coi loro tranelli. Odiandoti perché volevi riportarli all'umiltà e alla castità, hanno persino cercato di ucciderti. E poiché stavi ben attento a quello che mangiavi e bevevi, hanno addirittura tentato di mettere il veleno nel tuo calice mentre celebravi la messa.

La loro persecuzione non ha tregua un istante. Mi hai scritto che, mentre eri a Nantes per far visita al conte ammalato, persuasi che la mensa di un tuo stretto parente ti avrebbe reso meno guardingo, hanno pagato uno dei servi perché ti uccidesse nella casa di tuo fratello, il canonico Porcario. È infatti stata una benedizione del cielo se quella sera non hai toccato il cibo che ti avevano offerto mentre, ignaro della congiura, il disgraziato monaco che ti sedeva accanto moriva soffocato subito dopo aver ingoiato il primo boccone. Il traditore era fuggito per la paura e la vergogna, e anche tu vuoi fuggire, mentre con amarezza mi dici di invidiare san Benedetto, che abbandonando i suoi monaci ribelli sosteneva che vivere in mezzo a simili pericoli non vuol dire amare Dio: ma metterlo alla prova, uccidendosi con le proprie mani. Mi scrivi che ti senti sempre più addosso la loro voglia bestiale di assassinarti, e costretto a non nascondere più ogni tua precauzione hai persino abbandonato l'abbazia, e insieme a pochi compagni sei andato ad abitare in un piccolo eremo. Ma ogni volta che si viene a sapere che passerai dalle loro parti, i monaci pagano i briganti perché si appostino lungo la strada e ti uccidano a randellate. Mi hai scritto che la tua vita si è ridotta a una fuga ininterrotta, e tanto affannati e precipitosi sono i tuoi spostamenti che un giorno sei caduto da cavallo quasi rompendoti l'osso del collo.

Ho ricevuto altre notizie da te. Dopo aver minacciato di scomunica i tuoi monaci, i più pericolosi ti avevano promesso davanti a Dio di lasciare per sempre St-Gildas. Ma non uno, in realtà, se ne era andato davvero. Richiamato dalle tue implorazioni, papa Innocenzo ha inviato all'abbazia un suo legato per costringere i ribelli a ripetere alla presenza del conte e dei vescovi il giuramento di fedeltà nei tuoi confronti. Cacciati i figli cattivi, sei tornato a vivere fra loro, ma i pochi rimasti si sono immediatamente rivelati ancora peggiori degli altri, e soltanto l'intervento di un signore del luogo ti ha salvato dal loro tentativo di avvelenarti e tagliarti la gola. Disperato, mi scrivi di essere diventato insensibile a qualsiasi gioia: e che a nulla valgono la tua posizione di abate, e la ricchezza che vai accumulando con la predicazione.

La tua lettera mi ha letteralmente sconvolto. Nuove e spaventose piaghe si sono aperte nel mio cuore, mentre quelle che già esistevano si sono allargate a dismisura. L'interminabile e ininterrotta paura che ti paralizza il respiro ogni volta che metti in bocca qualcosa, ha pietrificato anche le mie labbra. Le altre donne stanno soffrendo insieme a me. Scrivimi quello che ti accade, non nascondermi nulla. Sai che noi siamo tutto quello che ti rimane al mondo, e vogliamo dividere con te ogni dolore e ogni gioia.

Separate per sempre da te, la nostra vita al Paracleto è tornata povera e solitaria. Ma lo sguardo misericordioso di Dio si è posato su di noi ammorbidendo un po' per volta l'aspro carattere dei contadini locali, che alla fine hanno dimostrato di essere buoni e generosi. La nostra fragilità di donne li ha impietositi. In un anno, il nostro benessere materiale è aumentato più di quanto non saresti riuscito a fare tu stesso, lavorando come cento uomini. Senza fatica sono penetrata nel cuore di questa gente selvatica, che adesso mi ama come mi amano i vescovi, quanto una figlia; gli abati, quanto una sorella; i laici, quanto una madre. Dicono che li ho conquistati con la religiosità, la saggezza, la bontà, la pazienza. Sono diventata la loro guida: e più mi nascondo nel buio della cella per pregare e meditare, più insistono per incontrarmi e parlarmi. Questa gente loda la mia castità, e non sa che in realtà sono un'ipocrita. Mi considera virtuosa perché conservo pura la mia carne: mentre la virtù è una cosa che non riguarda il corpo, ma l'anima. Esalta la mia religiosità: quando oggi, in gran parte, la religiosità non è che finzione, e basta non andare contro il senso comune per essere lodati. Forse, in qualche modo può infatti sembrare ammirevole e gradito a Dio evitare di dare scandalo alla Chiesa col comportamento esteriore: anche se le intenzioni sarebbero altre. Per esempio, basterebbe non dare motivo agli infedeli di bestemmiare il nome di Dio, e non fornire ai libidinosi l'occasione di disonorare l'ordine cui hanno fatto voto di appartenere. In realtà, piccolo o grande non so, anche questo è un dono della Grazia Divina. È comunque inutile mettere in pratica un simile suggerimento, se poi non si compie anche il bene. Se però, nonostante tutto, questi uomini riescono a lodarmi, sappi che io non ho meriti nei confronti di Dio: e Dio lo sa, perché Lui non sonda soltanto il nostro cuore, ma scruta anche il profondo dei nostri visceri, e vede anche quello che gli altri non possono vedere.

La mia abilità nel fingere ha ingannato per tanto tempo anche te, come ha ingannato gli altri. Anche tu, come tutti, hai attribuito a un sentimento di devozione religiosa quello che era soltanto ipocrisia. Dio sa che Eloisa non ha tanto temuto e non teme di offendere Lui, quanto di offendere Abelardo. Eloisa ha sempre cercato e ancora cerca di piacere più ad Abelardo che a Dio. Un suo ordine, e non la voce di Dio, l'ha indotta a indossare quest'abito da monaca. Pensa dunque quant'è infelice la sua esistenza, quando sopporta atroci dolori qui in terra sapendo che non avrà alcuna ricompensa nell'altra vita.

In nome di colui al quale ti sei consacrato, in nome di Dio, ti supplico: fammi il dono della tua presenza nell'unico modo che ti è possibile, scrivendomi qualche parola di consolazione. Scrivimi, per carità. Ti imploro: lascia che, in cambio delle mie innumerevoli prove di affetto, questa mia anima senza meta posi sopra il tuo cuore, e lì, accontentandosi di una parola di conforto ogni tanto, e di un poco d'amore, alla fine si plachi. Scrivimi, affinché io possa trovare nelle tue lettere la forza di dedicarmi con più zelo al servizio del Signore.

Sei ingiusto, a non scrivermi. Ti chiedo così poco. Ricorda, ti prego, quanto mi devi. Perché tu lo sai, e tutti lo sanno, quello che ho perduto perdendo te. E tu sai che cosa ha significato per me la tremenda vicenda del mio ritiro in convento, anche questa notissima, che mi ha strappato a te e a me stessa. Inoltre hai sempre saputo che il modo in cui ti ho perduto mi ha fatto soffrire ancor più dell'averti perduto. Di conseguenza, quanto più grande è la causa dei miei dolori, tanto più efficaci dovranno essere i rimedi. A porgermeli devi essere tu, e nessun altro. Soltanto tu puoi aiutarmi, perché tu sei la causa del mio dolore. E come tu solo puoi farmi soffrire, così tu solo puoi rasserenarmi e consolarmi. È tuo dovere, perché ti ho sempre obbedito e perché ho fatto con entusiasmo tutto quello che tu mi dicevi di fare, e per non danneggiarti mi è bastato un tuo ordine perché senza esitazione io acconsentissi a perdere tutta me stessa. Sei stato il primo a sapere che avevo accettato di sacrificare la mia giovinezza nell'austerità e nella solitudine di una vita monastica non per vocazione, ma solo per obbedire a un tuo ordine. E sono addirittura andata più in là. Ero talmente pazza d'amore, da rinunciare anche all'uomo che amavo senza alcuna speranza di poterlo riavere. Un tuo ordine, e non la voce di Dio, mi ha convinta a prendere il velo. È bastata una tua parola perché, insieme all'abito che mi faceva monaca, tu riuscissi a cambiare anche il mio cuore. E il mio amore per te era tanto più vero, quanto meno poteva nutrirsi di illusioni.

Una sola libertà mi sono tenuta: non mentire mai a me stessa. Mi sono crocefissa da sola alla mia verità.

Giorno e notte, la verità mi trafigge l'anima e il corpo. Ma sono certa che ben peggiore sarebbe la pace conquistata mentendo.

Finalmente, notizie da te. E mi stupisce che, contro ogni regola dello stile epistolare, anzi, contro l'ordine naturale delle cose, al principio della lettera ti sia permesso di mettere il mio nome davanti al tuo; di mettere cioè la donna davanti all'uomo, la moglie davanti al marito, l'ancella davanti al padrone, la monaca davanti al monaco e al sacerdote, la badessa davanti all'abate.

Mi hai mandato il sacro libro del Salterio, con la certezza che aiuterà me a offrire al Signore un sacrificio perpetuo in espiazione dei nostri numerosi e gravi peccati, e per aiutarti, pregando, ad allontanare i pericoli ai quali sei quotidianamente esposto. Subito dopo, ricordandomi che al Signore sono care soprattutto le preghiere delle mogli per i mariti, mi hai fatto dono di una serie di illuminanti proverbi: «Una buona moglie è un premio per il marito. Chi trova una buona moglie, trova un tesoro. La casa e le ricchezze sono un regalo dei genitori, ma una buona moglie è uno specialissimo regalo del Signore. Fortunato il marito di una buona moglie. Una buona moglie è un grande bene». Ma quando citi il celeberrimo brano della lettera di Paolo ai Corinti, «lo sposo infedele è santificato dalla sposa fedele», mi hai rovesciato addosso la più pesante delle responsabilità. Vorrei tanto capire cosa ne sa di una moglie, Abelardo: quando Eloisa è chiusa in convento dal giorno in cui lo ha sposato, mentre lui è l'abate di un branco di monaci pazzi. Affinché Eloisa implori per Abelardo l'aiuto di Dio, a me sembra che ad Abelardo faccia comodo vederla nella doppia veste di moglie e di monaca. Infatti, ricordando con tenerezza e commozione come pregavamo tutte insieme quando eri con noi, qui al Paracleto, e ogni giorno, alla fine di ogni ora canonica, dopo il canto del responsorio intonavamo: «Dio, che per mezzo del tuo umile servo ti sei degnato di riunire nel tuo nome queste povere ancelle, concedi a lui come a noi di continuare a vivere nella tua volontà» hai aggiunto con affettuosa premura: «E se tutto ciò non fosse sufficiente, poiché la continenza e la castità delle monache sono carissime a Dio, e lo rendono più propenso a esaudire le loro preghiere, ti aiuterà il santo stuolo di vergini e di vedove che vivono con te». Benché io ti conosca ormai più di me stessa, non cessa di sbalordirmi la tua implacabile capacità di stilare consigli, dettare regole monastiche, ordinare preghiere per la tua vita terrena e per la tua salvezza al di là della morte.

Mi hai scritto, e in questa lettera che ho tanto aspettato, avresti dovuto darci un po' di conforto. Invece, come è per te oramai un'abitudine, non hai fatto che aumentare il nostro dolore. Anziché asciugarci le lacrime, ci hai fatto piangere ancora di più.

Ma come puoi pretendere che io possa leggere le tue parole senza scoppiare in singhiozzi, quando scrivi verso la fine: «Se Dio vorrà che io cada nelle mani dei miei nemici; se cioè Dio vorrà che i miei nemici mi uccidano, quando sarò morto voi mi testimonierete tutto il bene che mi avete voluto attraverso l'aiuto prezioso delle vostre preghiere»?

Parlare di te, già morto: proprio a me, che vivo soltanto perché vivi tu. Con che coraggio hai potuto pensare una cosa del genere? Con quali labbra hai potuto pronunciarla? Voglia il cielo che Dio non si dimentichi di noi, facendoci vivere più a lungo di te. Vivere senza di te, per noi sarebbe più terribile di qualsiasi altra morte. Sei tu, mio bene, colui che deve celebrare le nostre esequie. Abelardo egoista, Abelardo crudele, Abelardo senza cuore e senza memoria. Risparmiaci, ti supplico. Tu, ci hai raccolto nel nome del Signore. Tu, ci devi presentare a Lui quando sarà l'ora della nostra morte. E soltanto allora, non prima, potrai dire di aver concluso il compito di occuparti di noi.

Ti prego, mio bene: nel tuo tremendo e continuo lamento, risparmia almeno colei che vive solo per te. Tu non puoi dire cose che ci trafiggono il cuore come una spada di morte, e ci rendono ancora più penoso quel poco tempo che ci resta da vivere. Non basta quello che già sto soffrendo? Mi è stata tolta qualsiasi altra gioia che poteva venirmi da te. Non mi è neppure concesso di vederti, così da riuscire in qualche modo a tornare ancora me stessa. Che cosa mi resterà da sperare, quando ti avrò perduto? E che motivo avrei di restare ancora qui, dove anche adesso non ho altro conforto che te, e non ho altra gioia che quella di saperti vivo?

Nel caso tu morissi, mi hai chiesto di far trasportare il tuo corpo nel nostro cimitero, affinché l'incessante presenza del tuo ricordo ti assicuri la nostra continua preghiera. Ma come hai potuto pensare che noi potremmo dimenticarti? Ma tu credi che riusciremmo a pregare, qualora il dolore ci lasciasse un momento di quiete? Come potremo farlo, se la nostra anima avrà perduto il senso della ragione? Se la lingua avrà scordato l'uso della parola? Se i nostri cuori impazziti dal dolore, e più adirati verso Dio che rassegnati, anziché calmarlo con le nostre preghiere lo irriteranno con le nostre lacrime? Alla tua morte, mio caro, sappi che noi non potremo pregare, ma soltanto piangere; e preoccupate di seguirti nella morte, più che a seppellirti penseremo a essere sepolte anche noi insieme a te. Perché noi, senza di te, perderemo ogni ragione di vita. Quando te ne sarai andato, non avremo più motivo di vivere, ma noi addirittura speriamo di non dover vivere fino a quel giorno. Il solo pensiero della tua morte è già un morire. Cosa sarà la tua morte, per noi, la tua morte vera, nel caso ci trovasse ancora in vita? Dio non può permettere che ti sopravviviamo solo per renderti l'estremo compito che ora ci chiedi, e prestarti quell'assistenza che invece aspettiamo da te.

D'ora innanzi, ti prego di risparmiarci simili discorsi, che riescono soltanto a ingigantire la nostra disperazione.

Finalmente una lettera. E questa volta terribile, potente e inappellabile come la voce di Dio. Ora so davvero chi sei, come pensi. Con la tua calma e lucidità abituali, calma e lucidità che ancora io non conosco; calma e lucidità che conquisterò solamente quando sarà terminata questa snervante attesa di te, hai dato definitive risposte alle mie disperate domande. E per la prima volta mi sono resa conto di aver perduto per sempre colui che amo anche di un amore terreno. A meno che io non ti eguagli, e non ti superi sulla via dell'ascesi perfetta. A meno che non seppellisca il passato, pensando a te solamente come a un padre e un fratello. A meno che non riduca in cenere nera e inerte questi sensi di fuoco: ora so bene, e definitivamente, che non riuscirò più a ritrovarti. Oramai Abelardo contempla ogni cosa: passato, presente, futuro, da un luogo finora inaccessibile a Eloisa. Un luogo alto, dove tutto quello che è stato sembra accaduto secondo un piano preciso di Dio, che ha operato non solo secondo giustizia, ma con infinita misericordia.

«Sappi che tu mi sei superiore, e che hai cominciato a esserlo il giorno in cui sei diventata la sposa del mio Signore» mi hai scritto. È dunque da questa posizione elevata, distaccata, da purissimo asceta, che mi rispondi a proposito del fatto che mi ero stupita perché, la volta precedente, avevi iniziato la lettera salutandomi per prima: «E quando si scrive a un superiore, si usa far precedere il suo nome a quello di chi invia la lettera». Per te, io sono quindi soltanto una monaca. Non più Eloisa sposata ad Abelardo, ma a Cristo Signore. Abelardo mi ha abbandonata. Cristo mi ha trovata e salvata.

Nella tua lettera, però, non leggo soltanto lusinghe. E fra i rimproveri, che sono tanti, fra tutti ne balza fuori uno che, a mio parere, è ingrato e ingiusto. Replicando alla disperazione che mi ha preso quando ho saputo delle tue nuove disgrazie, quando mi chiedi di pregare per te quando sarai morto, mi rispondi: «Non ho fatto altro che venire incontro ai tuoi desideri. Ricordi? Tu stessa mi hai scritto di tenervi informate delle tempeste che ancora mi investono. Dunque: perché mi accusi di averti fatto soffrire? Preferiresti per caso rimanere tranquilla e spensierata, mentre io trascino disperatamente la mia vita in mezzo ad affanni di ogni genere? Volete dividere con me soltanto le gioie, e non i dolori? Non volete piangere con chi piange, ma soltanto ridere con chi è felice? Dal momento che sono costantemente in mezzo ai pericoli, finché mi è possibile mi pare giusto occuparmi e preoccuparmi della salvezza della mia anima. E tu, se mi vuoi bene davvero, non dovresti trovare esagerata questa mia preoccupazione. Anzi, se tu avessi veramente un po' di fiducia nella misericordia di Dio verso di me, ti augureresti di vedermi una volta per tutte libero dagli affanni». E adesso, Abelardo, rispondimi: in me vedi la monaca, oppure ti sei ricordato improvvisamente che, sposandoti, io ti ho promesso di non lasciarti solo nell'avversità e nel dolore?

«Io non so che cosa mi aspetta nell'altra vita» mi scrivi ancora «però conosco le pene dalle quali potrò sciogliermi con la morte; e chiunque deciderà di chiudermi gli occhi per sempre non farà che evitarmi sofferenze ancora più gravi. Dolce è infatti il momento della morte, quando si è vissuta una vita disgraziata. E chi mi ama davvero, non riuscendo in nessun modo a porre rimedio alle mie disgrazie, non può che essere contento di sapermi felice, benché lontano, piuttosto di vedermi nuovamente in preda a questa terribile angoscia. D'altra parte, a te è stata negata anche la gioia di avermi vicino, per quanto oltraggiato e ferito nel corpo e nello spirito; e dal momento che tutti i tuoi sforzi per aiutarmi sono risultati assolutamente inutili, non vedo perché tu debba preferire che io continui a trascinare un'esistenza trafitta dalla sofferenza, anziché trovare finalmente la morte e conquistare la felicità. Se però, per accontentare il tuo bisogno di sapermi in vita, desideri veder continuare le mie pene, allora è chiaro che per me non sei un'amica, ma una nemica. Dunque, se non vuoi sembrarlo, per favore smettila di lamentarti in questo modo.»

Mio caro Abelardo: non ho fatto ancora abbastanza per te? Non ti accontenti di avermi segregata in convento contro la mia volontà? Non ho più alcun diritto di ricordarti che, nel bene e nel male, ti amo ancora come una moglie: e che tutto di me si ribella al pensiero di non saperti più vivo?

Ma subito dopo il rimprovero, di nuovo una lusinga: l'eterno gioco che tu ben conosci. «Proprio per il fatto che rifiuti qualsiasi lode» mi scrivi «dimostri di essere davvero degna delle lodi che ricevi da tutti. Le mie lodi non intendono affatto insuperbirti, ma soltanto spingerti a migliorare: e so che lo farai, perché tu migliorerai sempre te stessa per farmi contento.» Fin dove mi spingerai, mio carissimo, per sentirti finalmente sereno e contento? Il Signore ti è venuto incontro, tu dici. Ma questo nostro Signore, nel quale io credo fermamente, e che fermissimamente io amo, è ancora troppo lontano per me. Io non ho ancora imparato a perdermi in lui totalmente, come invece mi ero perduta in te.

Ma è qui, a questo punto, che mi chiedi l'estremo distacco da te, e con fermezza mi esorti: «Non mi resta che affrontare la ormai vecchia ma sempre attuale lamentela riguardo al nostro ritiro in convento quando, invece di ringraziare Dio, come sarebbe giusto, hai la sfrontatezza di accusarlo. Mi ero illuso che, con l'aiuto della divina Provvidenza, la tua amarezza si fosse dissolta; amarezza che invece consuma il tuo corpo e il tuo spirito, che per te è un grave pericolo, e motivo indicibile di ansia e dolore per me. Eloisa, se dici la verità quando affermi che vuoi solo piacermi, ascoltami bene: per non tormentarmi più, o almeno per farmi piacere, una volta per tutte cancella da te questo livore insaziabile verso la volontà di Dio, che ti impedisce di piacermi completamente e ti vieta di raggiungere con me la beatitudine eterna. Più di una volta hai affermato di essere pronta a seguirmi anche nel cratere di un vulcano. Hai invece improvvisamente deciso di lasciarmi andare lassù senza di te? Oramai non dovresti più dubitare di essere stata creata da Dio proprio per questo. Non piangere, dunque, per quello che ho sofferto. Meglio: piangi come piangeresti difronte ai supplizi dei martiri, e per la morte di Gesù stesso, da cui tanto bene è venuto nel mondo».

Questo è più di un consiglio, Abelardo. È un ordine, questo.

Lividi lampi illuminano di un lucore di morte il ricordo della passione che avvinghiò i nostri corpi. Serrate e spietate parole riportano nella più cruda realtà quello che entrambi, e con labbra tremanti, un tempo avevamo chiamato amore. Fremono le mani di Eloisa sul foglio dove Abelardo convulsamente descrive gli abbracci, i baci, gli amplessi di un furibondo desiderio reciproco. Brucia l'ultima lettera, che Abelardo ha trasformato in tizzoni ardentissimi sul grembo di Eloisa sigillato nel candore del saio che le fu imposto, e con fatica nasconde gli ancora inesausti fremiti della sua carne. Ti leggo, ti rileggo, non so più staccarmi dalle tue parole. Mio bene: con che spavento, con quanto impeto e furia, ordinandomi di annientare le memorie del mio passato di donna, sai ancora evocare i nostri incontri clandestini e furtivi nel refettorio del monastero dell'Argenteuil. Ma come puoi pensare che io riesca a rimanere impassibile difronte a un così minuzioso racconto del nostro amore? Alla lettura di questa parte della tua ultima lettera, una torbida ventata di lussuria travolge i miei sensi. Io posso ancora sentire l'odore dei nostri corpi ansanti e tremanti, ecco di nuovo alitare sul mio collo il tuo torrido e delirante respiro, le nostre labbra sfrenate farneticare parole irripetibili, gemiti, sospiri, suoni disarticolati. E vesti, e membra, e sudore, e stremati silenzi, ruotare nella mia memoria impazzita.

Eppure, mio caro, dall'astio furente delle parole che usi per tutto quanto in terra ci ha unito, io non riesco a leggere quel totale, quell'assoluto distacco che vai predicando di aver finalmente raggiunto nel nome di Dio. Troppo disgusto tradisci rievocando quelle che chiami «le nostre sconcezze». Troppa foga, troppa eccitazione nel ricordare il tempo in cui eravamo due amanti. «Sconci e vergognosi, atti immorali e porcherie» chiami gli abbracci che hanno preceduto il nostro matrimonio: definendo «atroce tradimento» quello compiuto verso lo zio Fulberto, al quale hai carpito la fiducia per sedurmi «così turpemente», mentre pieno di vergogna riconosci che il mio tutore ha fatto bene a tradirti, dal momento che eri stato tu stesso a tradirlo per primo.

«Eloisa carissima, sorella mia in Cristo, mia signora» mi scrivi infatti. «Tu sai a quale turpe schiavitù lo sfrenato desiderio di noi aveva sottomesso i nostri corpi, senza decenza e senza alcun rispetto per Dio, tanto che non ci siamo astenuti dall'amarci carnalmente neppure nel giorno della sua morte in croce, e delle più grandi solennità, perché ormai nulla poteva impedirmi di rotolarmi nel pantano della lussuria; e così sfrenato e accecato dal desiderio che, per piegarti alla mia volontà, ti minacciavo e battevo quando tu non volevi, o in qualche modo cercavi di convincermi alla moderazione o alla rinuncia. Ti desideravo con tanto ardore che, per soddisfare quelle misere e sconce voluttà che ora mi vergogno perfino di nominare, avevo dimenticato tutto: Dio per primo, e me stesso. La nostra lussuria non ha rispettato neppure un luogo sacro, per di più consacrato alla Vergine.» Era giusto che fossimo puniti per questo, affermi affannosamente convinto. E infatti concludi: «Davanti alla giustizia di Dio, con quali ferite potremmo espiare la profanazione di un luogo sacro, per giunta dedicato alla Vergine? Se anche non avessimo altre colpe da rimproverarci, quegli incontri nel refettorio sarebbero degni di per sé di un castigo».

E qui, tu mi rovesci addosso un'altra di quelle colpe che ho commesso senza saperlo e senza volerlo, ma soltanto perché così tu avevi voluto, ricordando con raccapriccio e disgusto: «Quando ti ho portato al mio paese oramai incinta, e ti sei travestita da monaca indossando un abito consacrato, e con quel travestimento ti sei presa gioco in modo irriverente della condizione delle monache di cui oggi fai parte»; senza esitazione affermando che «la giustizia, anzi la grazia divina, difronte a tanta sfrontatezza ha fatto bene a farti abbracciare gli ordini religiosi di cui ti eri burlata anche se non volevi»; riconoscendo la giustizia suprema che ha voluto che io espiassi la mia colpa portando l'abito col quale avevo peccato, «perché quello che è accaduto non è soltanto giustizia, ma una grazia di Dio». Dunque, tu mi ordini di ringraziare il Signore insieme a te non soltanto per il male che abbiamo commesso per esserci amati: ma anche per quello che, a causa del nostro amore, abbiamo ricevuto. «Tutto è andato come doveva andare.» Così infatti concludi il travagliato cammino della nostra storia d'amore. C'era un disegno di Dio anche nella nostra passione. È stato Lui a trascinarci sull'orlo della perdizione, per fare di noi due creature celesti.

«Mia cara» mi scrivi ancora, credendo così di portarmi alla rassegnazione «pensa da che profondi abissi ha salvato il Signore noi poveri naufraghi, che neppure volevano essere salvati. Nella sua misericordia, Dio si è servito della sua giustizia per rimetterci sulla strada del bene, traendo il bene dal male e sfruttando per un giusto fine anche la nostra empietà, mentre la ferita che mi è stata inferta a una sola parte del corpo è servita a guarire addirittura due anime. Infatti a me sembra che, per salvarmi, Dio non potesse far altro che impedirmi per sempre di godere dei piaceri della carne.

«Tutto è andato come doveva andare, Eloisa carissima. Cose ben più importanti mi attendevano, infatti: e così sono stato privato della parte del corpo che era al centro della mia lussuria, la causa prima di tutto il mio desiderio. Il membro che è stato punito è quello che aveva peccato, e attraverso il dolore provocato dal ferro tagliente ha espiato il crimine provocato dal suo sfrenato piacere. Dio mi ha liberato di tutte le sconcezze in cui ero completamente immerso come nel fango di una palude; e affinché potessi dedicarmi serenamente ai misteri sacri dell'altare senza rischiare di essere distratto dalle voglie della mia carne, con quel coltello ha purificato, insieme al corpo, anche la mia anima.

«Il Signore è stato provvidenziale a punirmi in quell'organo» affermi ancora «senza tuttavia sfigurarmi nel corpo, né impedirmi di insegnare e studiare: ma liberandomi dal giogo turpe delle passioni carnali, e mutilandomi di quelle parti sconce che, proprio per la loro vergognosa funzione chiamiamo "vergogne"». E lusingandomi mentre ancora mi chiami «mia inseparabile compagna», mi esorti a ringraziare Dio insieme a te: «Perché hai peccato anche tu» mi ricordi implacabile. «Anche tu sei stata perdonata, e Dio non ha dimenticato la tua anima, e a te ha sempre pensato, destinandoti un nome nel quale, come in una sorta di presagio, ti riconoscessi sua: Eloisa, da Heloim, che è il nome di Dio.»

«Tutto è andato come doveva andare» ripete ancora il mio nobile e generoso Abelardo alla sua indomabile e inesausta Eloisa «perché nel culmine della passione non sono stato io, a desiderare di legarti per sempre a me col matrimonio, ma Dio stesso, perché insieme potessimo ritornare a lui, indissolubilmente uniti. Dopo la mia fuga dal mondo, se infatti tu non fossi stata unita a me con le nozze, consigliata dai tuoi parenti o spinta dal richiamo dei sensi, quasi certamente saresti rimasta attaccata alle cose del mondo. Ora capisci, sorella mia cara, questo perfetto, armoniosissimo disegno di Dio. Offrigli il frutto dell'intelligenza che ti ha concesso. Io sono sterile, e anzi vado perdendo il mio tempo fra i figli della dannazione. Pensa invece in quale deplorevole perdita saresti incappata se, per le oscene voglie dei nostri sensi, tu avessi messo al mondo pochi figli, e per giunta soffrendo: anziché questa numerosa famiglia di figlie spirituali che vai partorendo per il cielo, e per di più nella gioia. Senza contare che sarebbe stato un peccato che le tue mani, abituate a maneggiare con tanta sapienza i libri sacri, fossero state condannate ai lavori domestici. Saresti diventata una donna qualsiasi. Invece, trasformando la maledizione di Eva nella benedizione di Maria, ora sei, e di molto, superiore agli stessi uomini.»

Come fila il tuo ragionamento, mio bene. Con che logica, con quale lucido uso della ragione mi scrivi ancora: «Dio ci ha fatto soffrire perché Dio colpisce coloro che ama. Dio ti ha cercato per averti, e per averti anche lui ha affrontato un'agonia dolorosa e una morte vergognosissima. È Dio, che ti ha amata davvero: non io».

Dovrei andare orgogliosa del mio privilegio. E invece io sono disperata.

«A colui che mi appartiene soltanto come monaco, colei che invece gli appartiene come donna.

Il dolore è piombato dentro di me senza chiedere permesso, e da venticinque anni mi strazia. Mi hai ordinato di richiudere la porta del mio cuore perché non ne esca più neppure l'eco. Mi hai chiesto di smetterla di lamentarmi. Mi hai proibito di ricordarti quello che abbiamo perduto. Non voglio che tu mi accusi di non ascoltarti, e disobbedirti. Tu l'hai ordinato, e io ti prometto di non parlarti più del dolore che provo. Almeno quando ti scrivo, mi sono imposta di tacere. Scolpirò la mia mano nella gelida pietra dei sepolcri, le impedirò di scrivere quando mi renderò conto di accostarmi ad argomenti che invece, a parole, non riuscirei a trattenere. Se c'è qualcosa di difficile da controllare, è proprio il cuore. Nessuno può frenare i suoi sfoghi, improvvisi e imprevedibili. Voglia il cielo che il mio cuore, che soffre tanto, mi obbedisca come ora obbedisce la mia mano destra, mentre ti scrivo.

Abelardo carissimo: dal momento che ti è impossibile liberarmi totalmente dal dolore che provo, ti chiedo almeno di tentare di consolarlo. Ho pensato che, come un chiodo scaccia un altro chiodo, un nuovo impegno potrebbe scacciarmi dal cuore, anche se non subito, l'atroce pensiero di averti perduto; e tutto preso dalla novità, il mio spirito sia costretto ad abbandonare, o perlomeno a mettere momentaneamente da parte, il ricordo del nostro passato. Ti scongiuro quindi di scrivere, per me e per le mie sorelle del Paracleto, una storia degli ordini monastici femminili. Così che almeno io sappia come Abelardo vuole che Eloisa diventi.»

Non mi hai mandato una lettera, ma un vero trattato. E leggendo l'edificante dettagliatissima storia del monachesimo femminile che hai scritto per noi, provo meraviglia e sconcerto per come sei riuscito a cambiare tanto radicalmente le tue idee sulla donna. Venticinque anni sono trascorsi dal giorno in cui, davanti a Fulberto, mio sorpreso e sconcertato tutore e zio, dopo aver dichiarato di essere pronto a sposarmi scaraventasti tutte le colpe del mondo su noi donne: tentatrici, perverse, avidissime, traditrici, bugiarde, corrotte, chiacchierone, curiose, pettegole, vendute. E io fra queste. Ma dal momento che a ogni costo tu mi hai voluto monaca, e per giunta obbligata a spegnere non solo il dolore per l'amore perduto, ma anche la parola che, se non altro, mi consentiva di sfogarlo, ecco che della donna oggi esalti la grandezza e la nobiltà: purché abbia scelto il convento, e ancor meglio se vergine.

Leggendo il tuo interminabile resoconto sulle donne eccezionali del passato, è Deborah, è Esther, è Giuditta, è Anna che mi proponi come modello; e citando Maria, sorella di Lazzaro, mi ricordi che è proprio da questa peccatrice redenta che il Signore si fece ungere i piedi e la testa: «Mentre i vescovi si gonfiano d'orgoglio quando, fra gli applausi della folla, ungono i re» mi scrivi polemico «o quando, adorni di splendide vesti dorate, consacrano i semplici preti benedicendo spesso coloro che Dio maledice, ecco invece una donna che in tutta umiltà, senza cambiar d'abito e senza ostentazione, anzi, tra gli urli di sdegno degli apostoli, somministra a Dio i sacramenti. Mormora intanto anche il fariseo, mentre Maria unge il Signore. Ma la sua fede non vacilla, perché la donna si è affidata alla sua bontà».

Ecco dunque Abelardo rivalutare e nobilitare la donna, purché sepolta viva e votata al servizio esclusivo di Cristo, non più accusandoci di rovinare l'uomo, ma proclamandoci addirittura salvatrici del mondo. «Le donne sappiano che la loro vera patria è il Paradiso, dove non Adamo, ma Eva soltanto era stata creata» concludi. Nella tua esaltante ed esaltata storia delle donne eccellenti, mi hai comunque fortemente colpito quando, per lodare la nostra fermezza e glorificare il nostro coraggio, riferisci la frase di Giobbe: «Invece l'uomo, per salvare la propria pelle è disposto a dare la pelle, e darà tutto per salvare la propria vita». Ma questo, mio bene, io già lo sapevo.

Abelardo carissimo: dal momento che ora sappiamo chi siamo e chi dobbiamo imitare per renderci care al Signore, ti scongiuriamo di farci un altro preziosissimo dono scrivendo al più presto una regola adatta a noi donne. I Padri della Chiesa non hanno pensato a noi. E oggi, poiché i conventi sono pieni anche di donne, subiamo l'assurda conseguenza di vederci imporre la stessa pesantissima Regola degli uomini. Dimmi per esempio che senso ha, per noi, il passo che riguarda i cappucci, i sandali, gli scapolari. Come possono indossare, le donne, tuniche e indumenti di lana sulla pelle nuda, quando ce lo impediscono i periodici flussi sanguigni, che in realtà ci obbligano a usare stoffe più leggere e lavabili? Altrettanto assurdo è l'articolo che ordina all'abate di farsi preparare una tavola a parte, per pranzare e cenare coi pellegrini e con gli ospiti. Ti pare conveniente che una badessa offra la sua tavola agli uomini: e che, dopo averli ricevuti, addirittura mangi con loro? Ti ricordo che quando si vive tutti insieme è facile cadere in tentazione: e soprattutto a tavola, dove il cibo, ma ancor di più il vino, che stimola la lussuria, annebbia la mente e indebolisce la volontà. «Fate attenzione a quando andate ai banchetti, dove è difficile rimanere casti» scrive san Gerolamo alle sue parenti rimaste sole. E anche tu conoscerai questo canto: «Nel vino, Venere è stata sempre fuoco nel fuoco. Col vino, scoppiano fragorose le risate, la fronte corrucciata si spiana, il dolore svanisce, anche il più misero alza la cresta». Il pericolo, però, non sarebbe minore se le monache ospitassero altre donne alla loro tavola. Niente è meglio delle lusinghe di una donna, per sedurne un'altra. Nessuno, più di una donna, riesce a inculcare nell'altra desideri e pensieri peccaminosi.

Ma ci sono anche altri problemi che ti chiediamo di regolare per noi. Quando mai si è vista una comunità di donne uscire per lavorare nei campi? Un solo anno di noviziato basta a garantire la solidità della vocazione di una donna? E basta, per istruire le novizie, leggere loro per tre volte la Regola? Tieni presente soprattutto quest'ultimo punto, perché tutti sanno, e io per prima, che non c'è niente di più folle che avviarsi per una via sconosciuta senza un'indicazione precisa. Conosci per caso qualcosa di più presuntuoso della scelta di un genere di vita di cui tutto si ignora? O dei voti pronunciati fin dall'inizio, quando si sa di non poterli mantenere?

Finora, anche se risulta evidente che era stata scritta soltanto per uomini, e non poteva che essere osservata dagli uomini, abbiamo professato tutti indistintamente la regola benedettina. Agli uomini, però, si possono chiedere cose che le donne non riescono a sopportare. Se agli uomini si possono imporre pratiche di una certa durezza, non va dimenticato che le donne non hanno altrettanta resistenza, ma possono far bene cose che richiedano dolcezza e tenerezza. Secondo me, chi ha composto le regole per i monaci, non solo ha volontariamente ignorato le donne, ma addirittura ha stabilito certi precetti sapendo benissimo che le donne non avrebbero potuto sopportarle. Sono sicura che i Santi Padri avevano intuito che sarebbe stato assurdo imporre il medesimo giogo sul collo di un toro e di una giovenca, perché è assurdo imporre le stesse fatiche a creature che la natura ha fatto diverse. Non a caso san Benedetto aveva raccomandato che le regole fossero applicate «secondo misura»: dove, per «misura», sicuramente intendeva i fanciulli e i più deboli. E questo risulta ancora più chiaro quando ordina di far mangiare prima degli altri il monaco destinato alle sacre letture durante il pasto del refettorio, e tutti quelli che sono stati incaricati di servire settimanalmente alla tavola dell'abate; e quando ordina di preparare cibi e bevande diverse a seconda delle esigenze dei monaci, regolando la durata dei digiuni seguendo le stagioni, e le differenti attività lavorative in relazione alla resistenza fisica di ciascuno. A causa della nostra debolezza, credo che a noi basterebbe riuscire a imitare tutti i Padri della Chiesa, e tutti i chierici che si sono presi l'impegno di votarsi al Signore, nella continenza e nell'astinenza.

Quanto al cibo, sarebbe opportuno che tu ci concedessi più libertà nella scelta. È infatti noto che noi donne ci accontentiamo di poco e non ci serve, come occorre agli uomini, un'alimentazione sostanziosa. Il sommo Aristotile, e una ben nota legge della fisica, sostengono che le donne non si ubriacano facilmente perché la natura ci ha dotato di un corpo umido e poroso, come si vede dalla lucentezza e morbidezza della nostra pelle, grazie alle depurazioni mensili che ci liberano dagli umori superflui. Penetrando nel nostro umidore, il vino perde forza e non raggiunge il cervello, e intanto i suoi fumi svaporano rapidi attraverso i pori dentro i quali si era condensato l'umore malefico. Credi, Abelardo: è giusto concederci maggior libertà nel mangiare e nel bere, e spiegami inoltre quando è stato condannato l'uso della carne. La Regola non dovrebbe pretendere ciò che ormai non può più essere imposto, ma dovrebbe condannare soltanto le azioni disdicevoli: per il mangiare e il vestire credo che basterebbe limitarsi a prescrivere ciò che è meno costoso, badando solo al necessario e mai al superfluo.

Penso infine che sia più conveniente che, almeno all'inizio, la donna pronunci voti non impegnativi, così che, eventualmente, in seguito possa dare più di quanto non abbia promesso. Penso questo perché oggi tutti si precipitano nei monasteri per vivere in modo ancor più disordinato di quando erano fuori, e con la stessa faciloneria con cui hanno abbracciato una Regola, che praticamente ignoravano e continuano a ignorare, seguono le abitudini che maggiormente gli fanno comodo: come se fossero legge. Se invece quelli che entrano in convento con tanta facilità riflettessero un poco di più, pensando bene a quello cui vanno incontro, e valutando a fondo lo spirito della Regola cui si sottopongono, meno la violerebbero per ignoranza, e meno peccherebbero per negligenza. In conclusione: noi donne non possiamo illuderci di riuscire ad affrontare pesi sotto i quali abbiamo visto vacillare, se non addirittura soccombere, gran parte degli uomini.

Abelardo: non è difficile accorgersi che il mondo è invecchiato, come del resto sono invecchiate sia le cose che gli uomini, che non hanno più il loro naturale vigore. Tutto vien meno. Lo stesso san Benedetto riconosceva che, se un tempo i Padri della Chiesa erano abituati a leggere ogni giorno tutto il Salterio, in seguito, e soprattutto per il progressivo appannarsi dello spirito religioso, lui stesso era stato costretto a diluirne la lettura nell'arco di una settimana. Il generale rilassamento dei costumi lo aveva inoltre persuaso ad accontentare i monaci anche sulla questione del vino, prima ritenuto incompatibile con le pratiche religiose e la quiete della vita monastica, in quanto fomenta la lussuria, provoca disordini, distrugge nell'uomo l'immagine stessa di Dio: vale a dire la ragione, la sola capace di elevarci sopra tutti gli altri esseri viventi.

Quanto alla recitazione dell'Ufficio Divino e alla lettura dei Salmi, tieni conto delle nostre scarsissime forze. Non potresti evitare di costringerci a ripeterli di continuo, tutti i giorni della settimana e sempre gli stessi? In particolare, vorremmo che tu stabilissi esattamente come dobbiamo comportarci riguardo la lettura del Vangelo durante le veglie notturne. Visto che è bene che viviamo segregate da ogni contatto degli uomini, sia perché possiamo dedicarci più sinceramente a Dio, sia per essere più al sicuro dalle tentazioni, mi pare rischioso far venire da noi, a un'ora simile, un prete o un diacono.

Ti prego, pertanto, di ammorbidire i precetti relativi a tutti questi argomenti adattandoli alla nostra debole natura, e permettendo a noi monache di dedicarci soprattutto alle lodi del Signore: l'unica offerta, del resto, che lui ci ha raccomandato. Non ti chiediamo questo perché vogliamo evitare la fatica fisica, cui non ci permetteremmo mai di sottrarci nel caso ce ne fosse bisogno, ma perché non vorremmo dare importanza a tutto ciò che riguarda il corpo a scapito della preghiera, tanto più che le donne consacrate a Dio godono dell'indiscutibile privilegio di vivere, più che del frutto del loro lavoro, dei doni della generosità altrui.

Come vedi, ti ho fornito tanti suggerimenti che, in

pratica, la Regola per le monache del Paracleto è già quasi pronta. Aspetto una tua risposta non appena l'avrai perfezionata. Addio.

Ho ricevuto la Regola che ti avevo chiesto di scrivere per il nostro monastero. Innanzitutto ci ordini di osservare la più assoluta castità. «In tutto il corpo» hai sottolineato: perché anche una sua piccola parte può cadere in tentazione. Indicandoci che «nudi noi dobbiamo seguire il Signore dopo esserci spogliati di tutto, rinunciando per lui non soltanto ai beni del mondo, ma anche alla nostra volontà: così da vivere non secondo la nostra decisione, ma secondo gli ordini del nostro superiore.»

Dovremo tacere almeno nel chiostro, nel dormitorio, nel refettorio, in cucina e dopo la preghiera che precede il riposo notturno. Se è necessario, comunicheremo a gesti, che dovranno essere insegnati alle novizie. Si punisca severamente chi fa uso frequente non solo di parole, ma anche di segni. E immediata sia la repressione «perché soprattutto la parola è fonte di liti, maldicenze, ingiurie, complotti e congiure che talvolta rovesciano dalle fondamenta l'intero edificio della vita monastica».

Vivremo isolate perché: «Deboli come siete,» ci spieghi «voi donne avete ancor più bisogno di star sole, perché nella solitudine siete meno esposte alle tentazioni della carne e avete meno occasioni di vagare coi sensi dietro le cose materiali. Se dunque anche voi volete stare accanto a Dio ed essere pronte a servirlo, piantate le vostre tende nel deserto». E subito hai criticato quei monaci che, «pur essendosi ritirati in solitudine, non solo non fanno niente per evitare le visite dei potenti della terra con tutto il codazzo di persone che sempre li accompagna, ma le sollecitano: e con la scusa che devono ospitare tanta gente costruiscono case su case, trasformando il deserto in cui si sono ritirati in una vera e propria città».

Ed ecco che vedo ritornare l'Abelardo soldato, che abbandonò le armi per studiare e diventare maestro, quando paragoni il monastero a un «accampamento» dove la badessa tiene il posto del generale, le monache con alti incarichi sono i consoli, e le altre sono semplici fanti. «Per conservare la concordia occorre che ci sia una sola superiora cui tutte obbediscano» affermi infatti. «Occorre che la badessa perlustri il suo accampamento recandosi ora qua ora là come fa un generale previdente e instancabile, e lo ispezioni accuratamente per evitare che la negligenza di qualcuno lasci entrare "colui che simile a un leone si aggira cercando di divorare" (da intendere come il demonio). Poco dovrà sorridere, non potrà assolutamente avere appartamenti riservati per mangiare e per dormire, né dovrà abbandonare il convento per dedicarsi ad affari esterni delegando, in questi casi, i monaci del più vicino monastero maschile.»

Come diaconessa, o badessa, disponi che si scelga «una vedova già molto avanti negli anni»: e se non vergine, che almeno sia stata moglie di un solo uomo, stimata per le opere buone, per aver educato i figli, praticato l'ospitalità, lavato i piedi ai poveri, prestato soccorso agli infelici. «Guai alla terra che ha per re un ragazzo» scrivi citando l'Ecclesiaste. Ma allora: perché Eloisa? L'hai fatta badessa quando non aveva ancora trent'anni, non era vedova, né si è mai occupata di suo figlio Astrolabio. E soprattutto non serviva Dio, ma disperatamente inseguiva il sogno di veder tornare Abelardo.

In realtà, noi non abbiamo alcuna autonomia, perché tu stesso disponi tuttavia che sia un abate a governarci: «Un pastore, tanto delle agnelle che degli arieti: così che il capo degli uomini sia anche il capo delle donne e, secondo il precetto apostolico, il capo della donna sia l'uomo, come il capo dell'uomo è Cristo, e il capo di Cristo è Dio». Sarà invece affidato alle donne tutto quanto riguarda vitto, abbigliamento e denaro. Lavoreremo e cuoceremo il nostro pane, ci occuperemo del latte e dei suoi prodotti, daremo da mangiare alle galline e alle oche, cuciremo i vestiti anche per i monaci.

Grazie, infine, per averci concesso in dotazione due tonache, in previsione dei nostri cicli mestruali.

Non ho più tue notizie. Monaci erranti mi raccontano confusamente di altre tue immense disgrazie.

Mi ha scritto l'abate di Cluny: «Nel luglio 1140, proveniente dalla Francia, è giunto da noi maestro Pietro Abelardo. Gli chiedemmo dove andava. Rispose che, perseguitato da persone che volevano farlo passare per eretico, cosa che aveva in orrore, intendeva raggiungere Roma per appellarsi alla Maestà apostolica e rifugiarsi sotto le sue ali». Alcuni tuoi discepoli mi hanno rassicurato, informandomi che sei stato accolto «come un padre».

Con parole accorate, non prive di una grande preoccupazione, l'abate mi ha spiegato che, ansimante e dolente, sei approdato alla sua antica abbazia inseguito dall'ennesima persecuzione di Bernardo di Chiaravalle. Del nobile e pallido cistercense, credo oramai di sapere tutto. Ma non ho ancora capito perché si dichiari un sostenitore della «vita reclusa», quando invece è costantemente per strada. Preoccupato di combattere l'eresia e le nuove interpretazioni teologiche soltanto con la forza, persecutore sprezzante e ossessivo del sapere profano, non è la prima volta che si scontra con te. Del resto, era inevitabile che il clamoroso successo del tuo insegnamento a Parigi attirasse l'attenzione dell'autore della più feroce polemica contro il tuo orgoglioso e ostinato uso della ragione.

Senza nascondermi nulla, l'abate di Cluny mi ha informato che sei stanco e malato: e io tremo all'idea che, sobbalzando su carrette di legno, cavalcando, navigando, camminando appoggiato al bastone che non puoi più abbandonare, tu sia costretto a scendere fino a Roma per discolparti davanti al papa delle accuse che l'implacabile monaco ha sferrato contro di te. Hai sessant'anni, mio caro: e dal momento che l'abate Pietro ti aveva già da tempo invitato a soggiornare nel suo monastero, credo che faresti bene a fermarti fino a quando i suoi abili e premurosissimi medici non ti avranno ristabilito completamente.

Ora sono al corrente di tutto, e non c'è parte di me che non sia già stata frantumata dal dolore. Ho ripreso a non dormire la notte, e con indicibile angoscia ripercorro nel mio cuore piagato l'ultima tappa del tuo calvario.

Nell'autunno del 1139 ero già stata informata che Guglielmo di Thierry, tuo instancabile avversario fin da prima che ti conoscessi, credendo di aver individuato ben tredici proposizioni eretiche nella tua opera, aveva convinto Bernardo di Chiaravalle a perseguitarti. Bernardo, tanto potente da dettare ordini persino al papa, ti aveva incontrato a Parigi, e per qualche attimo era sembrato disposto a cedere davanti alle tue spiegazioni. Ma si era irrigidito di colpo quando i tuoi allievi avevano rifiutato di bruciare i tuoi libri e di continuare a seguirti, come lui avrebbe preteso. Un premuroso discepolo ti aveva allora convinto a chiedere all'arcivescovo di Sens, antica città borgognona sulla riva sinistra dello Yonne, di riunire un'assemblea di teologi e vescovi, davanti alla quale avresti discusso le tue contestate posizioni.

Soltanto adesso, però, ho conosciuto il seguito di questa crudele vicenda. E senza tregua mi chiedo che cosa voglia ancora, il Signore, dopo che Abelardo gli ha dedicato l'intera vita, strappando a forza se stesso dalle amorosissime braccia di sua moglie Eloisa. E potrà ancora, Eloisa, conservare intatta la sua già provata ragione, dopo questa notizia? Troverà ancora la forza per resistere alla tentazione di scavare un buco nelle mura del Paracleto: e travestita da contadino, o da monaco, raggiungerti dopo una disperata fuga notturna? Il Signore Iddio, al quale ha donato se stesso, e persino sua moglie... lo sa, il Signore Iddio, quello che sta passando Abelardo?

Dov'era infatti, il Signore, il 3 giugno del 1140, quando una gran folla aveva assistito al tuo ingresso nella sala conciliare della cattedrale di Sens, edificata agli inizi del secolo in onore di St-Etienne? Era stato uno spettacolo straordinario. Alla presenza del re di Francia, avanzavi gravemente sotto la nuda e luminosa navata tenendo alla tua sinistra il più appassionato dei tuoi discepoli, frate Arnaldo da Brescia. Dopo di te erano sfilati i tuoi scolari. La voce esile e algida, lontano come le stelle, Bernardo aveva scandito il puntiglioso elenco delle «eresie» riscontrate nelle tue opere, invitandoti a ripudiare quanto avevi pensato e scritto; oppure, a difenderlo con una dimostrazione pratica. Ma era chiaro per tutti che la tenacia e il potere dell'inflessibile cistercense avevano trasformato l'assemblea in un processo. Si era infatti saputo che, la notte prima dell'apertura della disputa, Bernardo aveva riunito tutti i vescovi, ai quali aveva fatto leggere un plico di documenti dove eri descritto come un «pericoloso eretico». Ma dal momento che non ti sentivi più un avversario, ma un vero accusato, avevi rifiutato di rispondere affermando, con rabbia e fermezza, di non riconoscere il diritto di giudicarti a un'assemblea che tu stesso avevi sollecitato a riunirsi; e dopo aver dichiarato che ti saresti rivolto direttamente a papa Innocenzo II, abbandonavi la cattedrale oltrepassando quasi correndo, a testa alta, il gran portale di pietra dove mani pazienti avevano minutamente scolpito lo scontro fra le vergini sagge e le vergini folli. Non del tutto persuasi del comportamento di Bernardo, i vescovi avevano tuttavia riconosciuto il tuo diritto di appellarti a Roma sospendendo ogni provvedimento contro di te e le tue opere.

Mi sono state riferite differenti versioni sulla tua orgogliosa reazione. Ottone di Frisinga sostiene che non hai voluto discolparti perché, non avendo sufficienti argomenti da opporre a quelli di Bernardo di Chiaravalle, in realtà avevi avuto paura di una sollevazione del popolo. Altri hanno parlato di una tua imperdonabile «pervicacia nell'iniquità». Altri ancora, di una delle tue non rare crisi nervose dovute a eccessiva stanchezza ed emotività. Invece, conoscendo il tuo incrollabile amore per il tuo pensiero, la tua intrepida e superba maestria nel discutere, io credo che tu non abbia voluto sostenere la parte dell'imputato preferendo metterti in viaggio per Roma, benché già molto malato, nella speranza di essere ricevuto dal papa e davanti al quale eri fermamente deciso a difenderti da solo.

Avevi appena oltrepassato le possenti mura romane di Sens quando Bernardo riusciva a rovinare il tuo progetto inviando al pontefice un trattato intitolato *De erroribus Abaelardi*, dove ti denunciava come «il nuovo Golia che avanza superbo, insulta i dottori della Chiesa e ricopre di elogi i filosofi, e preferisce "le belle invenzioni e le meraviglie dei filosofi alle dottrine dei Padri e alla fede"». Aveva scritto anche a tre cardinali romani, avvertendoli che di sicuro avresti sollecitato e sfruttato l'appoggio di alcuni tuoi ex allievi alla scuola parigina di Ste-Geneviève, ora ben inseriti nella curia pontificia. In quella massa di clero atterrito dal veemente e temutissimo monaco, ti aveva difeso soltanto Maurizio di Montboisseier, conosciuto come Pietro il Venerabile, che sfidando la collera di Bernardo aveva scritto al papa, presentandoti come un santo e chiedendo per te misericordia.

Di Pietro il Venerabile avevamo discusso insieme più volte, incuriositi da questo nobile alverniate esperto di astronomia e matematica che a sedici anni già dirigeva una scuola del monastero, raffinato traduttore dall'ebraico e dall'arabo che aveva vissuto e studiato in Spagna e in Oriente. Nell'agosto del 1122, quando ancora non si era abbattuta su di noi la più tremenda delle sciagure, dopo la sua nomina ad abate di Cluny avevamo seguito con apprensione la sua insidiosa e difficile gestione, soprattutto quando il predecessore Pons de Melgueil, approfittando di una sua visita in Aquitania, era tornato da Gerusalemme dov'era stato esiliato per corruzione, e sfondando il portone aveva occupato il monastero. Nessuno aveva protestato – conveniva a tutti godere di ruberie e privilegi – finché l'improvviso crollo della volta della nuova chiesa non era stato interpretato come un segno della collera divina.

Cacciato l'usurpatore, Pietro aveva ripreso i lavori della navata infranta. L'edificio si era ingrandito fino a raggiungere misure più vaste di quelle di San Pietro a Roma. Arricchito di una cappella dedicata alla Vergine e sormontato da una torre ottagonale, era stato costruito su tre piani, con grandi arcate e alte finestre, cinque navate, un doppio transetto, un enorme Cristo dipinto alla maniera bizantina, l'abside grondante di oro, di avorio, di preziosi broccati: e ben mille reliquie. Nonostante le immense donazioni accumulate nei secoli, dopo le spese inghiottite dalla costruzione dello spropositato colosso, l'abbazia si era però così impoverita che Pietro non sapeva più come nutrire i suoi monaci. Un lascito del vescovo inglese Enrico di Winchester, lì rifugiato e accolto dopo una fuga precipitosa dal suo paese, aveva però salvato Cluny dal definitivo tracollo.

Fra il «monaco bianco», come era stato chiamato Bernardo quando aveva ricoperto il suo ordine di un candido saio, scartando per sempre quello nero dei benedettini e dei cluniacensi, e l'abate di Cluny era scoppiata una furiosa polemica sulla diversa interpretazione della Regola di san Benedetto. E lo scontro, dopo tanto tempo è ancora serrato e spettacolare. Bernardo rimprovera a Pietro «lo stuolo dei servi, la grandezza di vita, l'arte sensuale e lontana dalla semplicità benedettina» dell'abbazia di Cluny, la magnificenza della sua liturgia, le processioni sterminate sullo sfondo di immense scenografie, l'esenzione dei monaci dai lavori pesanti. «Niente è troppo bello per il servizio di Dio» afferma invece il venerabile abate, stipando l'immensa chiesa di statue preziose, arazzi pregiati, colossali candelabri, sfolgoranti paramenti tempestati di gemme e ricamati d'oro e d'argento. Quanto all'esenzione dal lavoro nel suo monastero, Pietro risponde che i suoi monaci si sono fatti venire le piaghe sulle gambe, a furia di cantare e pregare per ore, sempre in piedi di giorno e di notte. Convinti della sua fede limpida e fiera, noi due abbiamo sempre apprezzato e amato questo minaccioso guerriero che frena e punisce gli abusi dei costumi nel suo monastero, e duramente condanna l'inarrestabile tendenza alla trasgressione e il lassismo della sua comunità. Dicono infatti che sia intransigente sulla condotta dei monaci, e frequenti siano le punizioni dei cluniacensi prosternati ai suoi piedi con la schiena, le spalle e le terga nude sotto le sferzanti vergate. Né manca, nei casi più gravi, il divieto di assistere ai sacramenti. Addirittura, l'espulsione dall'abbazia.

Ma noi, che abbiamo pagato con la vita le conseguenze di ogni atto compiuto al di fuori della cieca sottomissione alla Chiesa, sappiamo benissimo che, più dell'abate, è stato attaccato l'audace intellettuale che aveva portato al massimo splendore il pensiero teologico tentando di chiarire i misteri dell'eucarestia. Inoltre, contrariamente al principio di Bernardo, che crede sia possibile convincere gli infedeli soltanto con la forza, Pietro il Venerabile aveva sempre usato moderazione e umanità nel confronto degli ebrei, era stato il primo a lottare contro i musulmani col pensiero. E sostenendo che prima di contestarlo, bisognava conoscerlo, aveva studiato l'arabo per poi tradurre in latino il Corano.

Ero ancora una bambina nel monastero dell'Argenteuil quando avevo imparato a conoscere l'importanza dell'abate di Cluny, eletto direttamente dai suoi confratelli così da strappare ai signori, e persino al re, ogni possibilità di imporre con l'intrigo i loro protetti. Abate fortissimo, col diritto di esercitare il potere anche sulle abbazie e sui monaci che da Cluny dipendono, e che sono innumerevoli. Abate influente, che indossa l'anello, la croce, i sandali e i guanti, doni personali del papa quando, il 25 ottobre 1130, era salito da Roma fino a Cluny per dedicare la chiesa ai santi Pietro e Paolo: e mille monaci lo seguivano in processione. Abate riverito, che in chiesa e a tavola occupa un posto d'onore, mentre tutti gli altri devono inchinarsi al suo passaggio e aspettare il suo permesso per aprire bocca: e c'è chi gli toglie le scarpe e i vestiti, chi lo rimbocca nel letto. Abate soldato, che si sposta sempre a cavallo, circondato da un nugolo di cavalieri armatissimi che si disputano l'onore di fargli da scorta.

Mio bene: peccherò di orgoglio e di vanità se ti ripeterò le lodi che il più aristocratico degli abati di Cluny, e da noi venerato, mi ha fatto, scrivendomi dopo avermi informato che ti ha ospitato nel suo monastero?

«Ero ancora un adolescente» mi ha scritto «quando seppi di una donna che, pur non essendo ancora sciolta dai lacci del mondo, si dava tutta alla scienza letteraria, cosa rarissima, e in modo particolare allo studio della filosofia. E mentre il mondo come intorpidito da una meschina indifferenza rifuggiva da questi studi, e la sapienza non sapeva più dove posare i suoi piedi, non dico presso le donne, dalle quali era stata completamente bandita, ma neppure presso gli uomini, Eloisa, con quella sua eccezionale passione per gli studi, è balzata al di sopra di tutte le donne, e quasi ha superato anche tutti gli uomini.» E qui Pietro dice cosa vera e amara, ricordando come il sapere fosse, e sia tuttora, «bandito» da noi donne, tanto che in ogni preghiera io rendo a Dio una gratitudine immensa per aver avuto l'opportunità di entrare bambina nel monastero dell'Argenteuil, e prepararmi per il grandioso balzo che devo allo zio Fulberto, quando adolescente mi invitò a Parigi perché studiassi alla scuola di Notre-Dame. Devo pensare che tu abbia parlato a Pietro il Venerabile di me, non appena vi siete ritrovati a Cluny? O forse, a Cluny come negli altri monasteri di Francia, di Eloisa si parla e si segue il faticoso cammino? Altrimenti non si spiegherebbe come il venerabile abate abbia potuto scrivermi: «Ma da quando Colui che l'aveva scelta fin dal momento che era nel grembo di sua madre l'ha chiamata a sé, Eloisa è persino migliorata, cambiando il tema dei suoi studi e scegliendo il Vangelo anziché la logica, gli scritti dell'apostolo Paolo anziché la fisica, Cristo anziché Platone, il chiostro anziché la scuola di filosofia». Ma come deve aver soppesato bene, l'abate di Cluny, il prezzo del mio sacrificio; e il mio coraggio, la costanza, la forza nell'aver finora guidato questo monastero, lontano da ogni forma di vita e quasi certamente pochissimo amato, dal momento che dipendiamo in tutto e per tutto da un uomo scomodo e contestato come sei tu. Non a caso, a questo punto Pietro inonda di lodi il mio nome, attribuendo il merito a me, una donna, di aver sconfitto il diavolo tentatore. Come tutti, anche lui deve sapere benissimo che ero destinata a un'altra vita, se tanto apertamente mi scrive del «dono che di me stessa ho fatto al Signore, quando invece mi credevo destinata all'amore terreno». E chiamandomi senza esitazione «maestra contro le tentazioni», eccolo esaltarmi e nello stesso tempo infliggermi, pur senza volerlo, il peso di una responsabilità che ancora devo faticosamente imparare ad assumermi un giorno dopo l'altro: «Tu sei e sarai sempre motivo di terrore per il superbo principe del mondo» mi scrive «e incatenandolo a te, e alle ancelle del Signore che vivono con te, costringerai a gemere questo essere immondo, che oggi è sconfitto dal sesso più fragile. Il più forte degli arcangeli soccombe a una donna debole, il duello fra te e il maligno torna tutto alla gloria del Creatore, gettando il seduttore nella più profonda vergogna». E citando Ezechiele, lancia a questa Eloisa dolorosa e trafitta l'esortazione estrema: «Non devi solo bruciare come un pezzo di carbone, ma bruciare e far luce come una lampada».

E intanto, mentre vengo esaltata come supremo esempio e modello per tutte le donne, io sono qui. Sepolta viva e lontana. Qui al Paracleto fra le mie monache affrante, che insieme a me implorano Iddio perché il dolore non ti spezzi lo spirito e non ti spenga la vita. Qui dove il tempo non è ancora riuscito a sbiadire la bruciante memoria del tuo volto e della tua voce; e da dove, per ordine tuo, da quasi vent'anni non ti ho più scritto una sola parola d'amore. Qui, a te ancora legata con vincoli carnali. Perché il mio perpetuo senso di colpa, e l'incrollabile fede, hanno certamente elevato e affinato lo spirito di Eloisa: ma Eloisa non ha mai smesso di amare Abelardo.

Affascinato dalla tua modestia, l'abate di Cluny mi scrive finalmente di te: «Quando, tra la folla dei suoi confratelli, maestro Abelardo occupa il grado più alto soltanto perché io l'ho costretto, nella povertà del suo abito appare l'ultimo degli ultimi. Lo osservo spesso anche durante le quotidiane processioni. Seguendo l'usanza dei monaci che non contano nulla, pretende di precedermi. E mi stupisco che un uomo così grande e famoso riesca a umiliarsi fino a questo punto. È dimesso, si accontenta di una semplice veste. E così nel cibo, nelle bevande, nella cura del corpo».

Fuggendo ancora una volta da monaci furibondi e ladroni, anch'io spero che a Cluny tu abbia trovato la pace.

Mio bene: io non voglio che la fantasia mi confonda, rischiando di perdere te nei meandri di quest'ultimo approdo nella boscosa vallata borgognona. E per seguirti passo per passo nella nuova dimora, ho imparato a memoria la vita e le regole della gigantesca e antica abbazia di Cluny, voluta alla soglia dell'anno Mille dal pio duca d'Aquitania Guglielmo, e da lui consegnata all'abate Brenne. Mi sono inoltre procurata la pianta più dettagliata e recente del colossale monastero, rigorosamente costruito in corpi separati per ospitare il dormitorio, il refettorio, la biblioteca, l'infermeria, il chiostro, la sala del capitolo, la chiesa e la cappella, oltre ai vasti laboratori per produrre vesti, attrezzi, mobili e cibo.

Sepolta nel tuo Paracleto senz'alcuna speranza di lasciarlo da viva, insieme alle sorelle in Gesù Cristo che hanno imparato ad amarti e venerarti come un padre, leggiamo ad alta voce l'edificante storia dell'abate Mayeul, tanto influente sui monarchi di Francia da conquistare il titolo di «arbitro fra i re». Ora sappiamo che è stato Odilone a iniziare il vero «impero di Cluny», civilizzando la zona circostante e stabilendo il periodico tempo di pace, chiamato «tregua di Dio», per consentire ai contadini di lavorare nei campi. E gran meraviglia provocano in noi le vicende del monastero ai tempi di Ugo Semur, ideatore di quel colossale «sogno di pietra» che sarebbe diventata la chiesa dove, per tre volte al giorno, anche tu sfili in processioni lunghissime, lente e solenni, simulando la traversata nel deserto degli ebrei e il cammino di Cristo verso il Calvario.

Sappiamo inoltre che Pietro il Venerabile non vuole che i suoi monaci lavorino i campi: ma preghino, insegnino la teologia, la filosofia, la matematica e la medicina; mentre nella biblioteca benedettina più ricca del mondo i più abili riproducono manoscritti miniati, i più raffinati consultano preziosi testi di storia, musica, medicina e retorica, i più colti studiano le opere di Virgilio, Cicerone, Ovidio e Aristotile.

So che mangiate con la tovaglia, che il cibo è abbondante: verdure e legumi, vino, pesce e formaggi. Benché criticato dai suoi avversari, Pietro ha introdotto il consumo settimanale della carne, vietata nei monasteri benedettini perché «responsabile di accendere le passioni terrene»; mentre in quello di Fontenay, fondato da Bernardo di Chiaravalle nell'alta Borgogna, per giungere più facilmente all'ascesi si pratica addirittura il digiuno. Ho saputo che, come anche da noi, i poveri ricevono giornalmente i resti della mensa comune, che l'abate ne mantiene personalmente diciotto, e che in caso di penuria tutti siete obbligati a rinunciare al vino. Quanto alla gerarchia, mi pare simile a quella applicata anche al Paracleto: se dopo la badessa per noi viene la priora, dopo l'abate per voi viene il priore; fra i monaci sono eletti l'economo, i camerieri, il vinaio, gli scudieri, i giardinieri, il responsabile del granaio e degli orti, e fra questi alcuni si occupano soltanto della raccolta delle cipolle.

A differenza dei laici addetti ai lavori pesanti, che portano la barba, voi monaci siete obbligati a radervi personalmente. Regole precise vi impongono di lavarvi le mani ogni volta che entrate nel refettorio per mangiare; i piedi al sabato; l'intero corpo per Natale e per Pasqua. Dal momento che soffri di un fastidioso prurito e che la pelle del tuo corpo si va periodicamente squamando, mi rassicura la notizia che per te fanno eccezione, immergendoti in bagni solforosi e cambiandoti spesso le vesti; e per evitarti una maggior sofferenza Pietro il Venerabile ti ha permesso di indossare lini ampi e leggeri, anziché la ruvida lana. Del resto, già da tempo sapevo che l'ospitalità di Cluny è leggendaria. Contravvenendo alla Regola di san Benedetto, infatti vi sono accolti anche donne e bambini, purché accettino di vivere negli edifici costruiti all'esterno della clausura, riservati ai pellegrini e ai viaggiatori. Infine ho saputo che quando l'abbazia di Cluny riceve un ospite illustre, una processione di monaci gli va incontro fino alla porta principale del monastero, dove l'abate gli porge personalmente un bacile d'argento con fresca acqua di fonte per lavare le mani e i piedi. E Dio voglia che sia accaduto così anche con Abelardo, fra tutti il più degno di rispetto e di onore.

Da Pietro il Venerabile ho ricevuto altre notizie sul tuo conto: «Maestro Abelardo rompe il silenzio solo per trasmettere il suo pensiero, per disapprovare, pregare, confrontarsi coi fratelli, parlare in pubblico».

Conosco la durissima regola cluniacense: pochi minuti per scambiare alcune frettolose parole nell'auditorium, o nel chiostro: e poi soltanto gesti studiati per intendersi anche senza usare la voce. È imposto un rigoroso silenzio soprattutto durante la notte, mentre i monaci dormono separati l'uno dall'altro allineati in stanzoni gelidi, gli occhi torturati da un lume che mai deve spegnersi, per controllare la loro condotta: («in caso di penuria, meglio spegnere l'olio davanti all'altar maggiore che nel dormitorio» comanda l'abate). E i giacigli severi, con un feltro disteso sul pavimento, dotato di un pagliericcio, un guanciale e due coperte per ciascuno di voi. Siete obbligati a coricarvi al tramonto, pronti ad alzarvi tre volte per notte a cantare i Salmi: e tranne un'ora di sosta dopo il refettorio, il resto è studio e preghiera.

Pregate ininterrottamente. Ogni tre ore vi riunite tutti nel coro, dedicate otto ore al giorno alla recita dell'Ufficio Divino, cantate 150 Salmi. Le preghiere sono quasi esclusivamente destinate ai morti, e ora sappiamo che è stato l'abate Odilone a stabilire che il 2 novembre fosse il giorno della loro commemorazione ufficiale, che anche noi osserviamo. Pregate e cantate anche durante le quotidiane processioni dentro e fuori la chiesa. Preceduta da bambini portati lì a pagamento dai nobili parenti, perché si formino alla celeberrima scuola, talvolta così piccoli da reggersi a malapena sulle gambe, la danza cerimoniosa e armoniosa di 400 monaci in fila per due, il cappuccio di lana ruvida e nera calato sugli occhi, può durare anche tre ore.

Ti avevo scritto per chiederti un commento alla Genesi dedicato a me e alle sorelle del Paracleto. Mi hai risposto con poche parole, ma con l'abituale e puntuale zelo su tutto quanto riguarda il mio spirito inquieto, che fino all'ultimo mostra di essere incapace di fare a meno del tuo aiuto. Mi rispondi che il lavoro che ti chiedo è lungo e complesso, e ci inviti a pregare affinché il Signore ti conceda la grazia di finirlo prima di morire. Precisi inoltre che molti sono stati coloro che hanno lavorato sulla Genesi: ma che solo sant'Agostino, con la sua intelligenza geniale, aveva intrapreso un commento organico. Anche per lui le difficoltà erano però tali e tante, che alla fine gli era sembrato di aver espresso soltanto opinioni personali, e non interpretazioni sicure; e più che arrivare ad affermazioni e definizioni certe, rifacendosi al famoso consiglio di Aristotile, «poiché è difficile trattare con certezza tali argomenti, se prima non li abbiamo esaminati a lungo, sarà intanto utile lasciarli in sospeso» aveva preferito studiare e lavorare intorno ad argomenti avvolti nel dubbio.

Eccoti dunque, Abelardo carissimo, un ennesimo spunto per rivendicare ancora una volta il tuo diritto all'esercizio del dubitare: e proprio per giungere alla verità. Pretesa audace e provocatoria, grazie alla quale uomini pieni di certezze, uomini che non sbagliano mai, uomini sapienti e arroganti, convinti di aver ricevuto il dono esclusivo di intendere e interpretare il pensiero di Dio, ti hanno durissimamente perseguitato e punito. Comunque, con la tua consueta dolcezza e prudenza ci hai promesso di lavorare per noi sulla Genesi, dopo averci ripetuto più volte che ti chiediamo di svolgere un tema molto impegnativo, proprio perché non è ancora giunto a nessuna certezza. «E se mi vedrete vacillare sotto questo peso» mi scrivi «non stupitevi che io, per scusarmi, come l'apostolo Paolo vi dirò: "Sono diventato stupido, ma voi mi ci avete costretto".»

Abelardo mio, tu non diventerai stupido. E io ti aspetterò con pazienza.

Sono confusa e sconvolta da quanto mi ha scritto Pietro il Venerabile: «Mentre Abelardo era qui, è sopraggiunto l'abate di Citeaux. Insieme ci siamo sforzati di mettere pace fra Bernardo e Abelardo, che abbiamo convinto ad andare a Chiaravalle, consigliandolo di evitare nei suoi discorsi, e di cancellare dai suoi scritti, tutte le cose che avrebbero potuto apparire offensive alle orecchie cattoliche. E così fu. Abelardo andò, e quando ritornò riferì che grazie all'intervento dell'abate di Citeaux si era rappacificato con Bernardo».

Pietro mi racconta che, mentre si dava da fare per metter pace fra te e Bernardo di Chiaravalle, comunque tu non smettevi un solo istante di lavorare a una seconda Apologia, nella quale respingevi le accuse che ti erano state mosse, e che intendevi far leggere al papa. E infatti a nulla era servito l'abbraccio fra te e il tuo antico avversario, perché intanto ti aveva raggiunto la tremenda notizia che Innocenzo II aveva imposto su di te la scomunica, confinando te e Arnaldo da Brescia in due monasteri diversi, e ordinando di bruciare le vostre opere.

Ecco dunque avverarsi la punizione adeguata a chi troppo ha discusso e cercato di aver ragione sulla confusione di tutti.

Sconvolto dal dolore, ma pur sempre ragionevole e pratico, Pietro il Venerabile mi ha scritto: «Dietro nostro consiglio, maestro Abelardo ha deciso di scordare per sempre il tempo tumultuoso delle scuole e degli studi, e di fissare definitivamente la sua dimora a Cluny. La sua pietà religiosa e la sua sapienza possono giovare ai nostri fratelli». Mi ha scritto inoltre di essersi rivolto personalmente anche al papa, supplicandolo a tuo nome, e a nome di tutto il monastero, perché ti conceda di finire i tuoi giorni a Cluny: «E che nessuna richiesta riesca a cacciarlo da questa casa, da questo nido che Abelardo, come un passero, come una tortora, è contento di aver finalmente trovato».

Dunque: l'ambiziosa e gloriosa carriera di maestro

che ti è costata la felicità e la libertà, e mi ha costretta al convento, ora è chiusa, è finita. E ancora un rogo per te: questa volta a Roma, pubblicamente e, in tua assenza, all'interno della chiesa di San Pietro in Vincoli. Un altro indicibile dolore per maestro Abelardo, che sta giungendo al termine della sua travagliatissima vita oppresso dall'ennesimo oltraggio alla sua intelligenza. Come se non bastasse, papa Innocenzo II ti ha scomunicato. Non puoi celebrare la messa, né ricevere i sacramenti, né confessarti. Sarebbe tremendo se tu dovessi morire nel peccato. Perderti per l'eternità: per non aver voluto professare la tua fede davanti a Bernardo di Chiaravalle. Il prezzo pagato al bisogno di libertà del tuo pensiero. Il durissimo costo del compatto e incorruttibile orgoglio intellettuale che ha contrassegnato la tua intera esistenza.

Mio bene, finalmente mi hai scritto. Proprio tu, Abelardo in persona. E con mani tremanti, il cuore che mi batte in gola di nostalgia e tenerezza, sto leggendo:

Eloisa, sorella mia, un tempo a me cara al mondo, oggi ben più cara in Cristo.

La mia incrollabile logica mi ha reso odioso al mondo. Dicono infatti, quei perversi pervertitori, che io sono espertissimo in logica, ma che zoppico non poco nella conoscenza di san Paolo. Pur riconoscendo l'acutezza del mio ingegno, mi negano la purezza della fede cristiana. Ma io non voglio essere filosofo, per andare contro Paolo; né voglio essere Aristotile, se per questo è necessario che mi separi da Cristo: quando non c'è altro nome sotto il cielo, all'infuori del suo, con cui io possa salvarmi. Io adoro Cristo che regna alla destra del Padre. Io abbraccio Cristo con le braccia della fede. E affinché tutti i dubbi siano banditi dal cuore che ti batte nel petto, sappi che è sulla pietra sulla quale Cristo ha edificato la sua Chiesa, che ho fondato la mia coscienza.

Ti dirò, ora, quello che è scritto su questa pietra. Credo nel Padre, nel Figlio e nello Spirito Santo, Dio uno e vero. Credo che il Figlio è in tutto eguale al Padre, nell'eternità, nella potenza, nella volontà e nelle opere. E non do ascolto ad Ario, che stabilisce diversi gradi nella Trinità e sostiene che il Padre è più grande del Figlio, scordando la legge che dice «tu non salirai per gradi al mio altare». Affermo inoltre che lo Spirito Santo è del tutto consustanziale e uguale al Padre e al Figlio, perché è colui che nei miei libri indico spesso col nome di Bontà. Credo infine che il Figlio di Dio si è fatto figlio dell'uomo, e che l'unità della sua persona deriva da due nature, e di due nature è costituita: e dopo aver compiuto il divino disegno della salvezza assumendo una condizione umana, ha sofferto, è morto, è risuscitato ed è asceso al cielo; da dove tornerà per giudicare i vivi e i morti.

Affermo che tutti i peccati sono rimessi nel battesimo, e che abbiamo bisogno della grazia per incominciare a fare il bene e per condurlo a termine. Credo che, quando noi cadiamo nel peccato, possiamo risollevarci attraverso la penitenza. Quanto alla resurrezione della carne, non è neppure il caso di parlarne: non potrei vantarmi di essere cristiano, se non credessi di essere destinato a risorgere. Questa è la fede sulla quale mi appoggio, e della quale si nutre la mia speranza. Saldamente stretto a questa mia fede, non temo i latrati di Scilla, rido delle voragini di Cariddi, non sento il canto mortale delle sirene. Imperversi pure la tempesta: io non ne sono scosso. Soffino pure i venti: io non mi muovo.

Adesso, finalmente, capisco. Ecco che, giunto al limite estremo della vita, Abelardo fa dono a Eloisa della sua limpida e altissima professione di fede.

Non a Bernardo di Chiaravalle, monaco rivale e potente, che la pretendeva e la voleva sentire dalla sua stessa voce davanti a tutti: gli abati, i vescovi, il rappresentante del papa e il re di Francia in persona, in quel tremendo e torrido mattino di giugno quando tentò di processarti sotto le volte nude e vertiginose della cattedrale di Sens. Ma a Eloisa, umilissima donna, da vent'anni sepolta in un monastero lontano, hai inviato il tuo estremo messaggio. È Eloisa, è tua moglie che hai scelto come depositaria della tua fede. Sarà quindi Eloisa, e non altri, d'ora innanzi che difenderà contro ogni tempesta la torcia del tuo superbo pensiero.

So che il tuo discepolo e sostenitore Berengario di Poitiers ha citato questa lettera nel trattato *Apologeticus*, scritto in tua difesa dopo la condanna del concilio di Sens. E così, come un giorno il nome di Eloisa correva sulla bocca di tutti per le canzoni che Abelardo scriveva per lei, d'ora innanzi correrà per il mondo come colei che ricevette il più gran pegno d'amore dal suo amante e suo sposo, che per amarla di un amore che avrebbe oltrepassato i confini del tempo sconfisse la passione, rifugiandosi nel cuore di Dio.

Ecco, mio bene: finisce qui la mia attesa. Ti ho aspettato per tutta la vita. Da quel mattino lontano quando, adolescente eccitata e curiosa, ero al balcone della casa di Fulberto; e tu, maestro inquieto e famoso, finalmente oltrepassavi la soglia della scuola della cattedrale di Notre-Dame. Da allora, ti ho atteso ogni giorno. Nella stanza dello zio canonico sull'Ile di Parigi, dove avremmo dovuto studiare, e invece consumammo la nostra folle passione. Nel refettorio del convento dell'Argenteuil, travestita da novizia benedettina, quando ero invece la tua giovanissima sposa. Nella lontana Bretagna, dove mi avevi affidato a tua sorella Dionigia perché partorissi nostro figlio Astrolabio. E poi da monaca vera: di nuovo all'Argenteuil; e qui al Paracleto, dove, per lenire il dolore della separazione, l'orrore della solitudine, i morsi del desiderio, non potendo più aspettare Abelardo in persona, via via sono stata costretta ad accontentarmi delle sue lettere. Notti, giorni, ore, minuti, ho consumato scrutando il filo di queste larghe colline, nell'attesa di un messaggero, un viandante, un cantastorie, un giullare, una qualsiasi voce che mi parlasse di te. L'intera esistenza di Eloisa ardente, giovane, sana, trascorsa ad attendere solo e soltanto la conferma di un amore vissuto pienamente e spavaldamente; mentre Abelardo lo confondeva con la passione, lo rinnegava, lo sublimava, lo sacrificava al Signore, raffinandolo e trasformandolo nel mormorio di una preghiera, nel battito d'ala di un passero, nell'ombra di un sogno: perché non turbasse, né distraesse il supremo disegno di Dio. Venticinque anni. Venticinque, ripeto, Eloisa ha atteso di sapere se quello di Abelardo era amore. La conferma è giunta con questa tua ultima lettera. Non ho aspettato invano. Io sono la tua donna, tua moglie, l'altra parte di te. Oggi, una luce sfolgorante inonda l'oscuro e umido sepolcro che è la cella della badessa del Paracleto. Soffino anche per me i venti e le bufere della vita. Io non temo più nulla. Né ho più altro da chiederti. Soltanto oggi ho capito che anch'io, come te, sono fatta per la solitudine. La notizia della tua morte mi troverà immobile, le ciglia asciutte, le mani ferme in preghiera. Tutto quello che doveva accadere fra Eloisa e Abelardo, è già accaduto.

Al suo signore, anzi padre. Al suo sposo, anzi fratello. La sua ancella, anzi la sua figlia, la sua sposa, la sua sorella. Ad Abelardo, Eloisa: mi hanno avvertito che stai per morire. Del resto hai sessantatré anni, sei vecchio. Mi scrivono che la caduta da cavallo che ti aveva provocato la rottura della clavicola mentre fuggivi inseguito dai tuoi pazzi monaci dal monastero di St-Gildas, ti procura atroci dolori. L'affezione della pelle, oramai inguaribile, ti costringe a grattarti di continuo. Enfiagioni delle ghiandole alla base del collo, all'inguine e sotto le ascelle, ti impediscono ogni movimento. La depressione, di cui soffri fin da quando eri un ragazzo, ti ha reso ancor più solitario e nervoso.

Mi dicono che vivi come un anacoreta, chiuso nella tua cella, sdraiato su un paglievriccio e protetto dal tuo logoro mantello nero, la pelle del corpo squamata e coperta di pustole, i piedi piagati, le mani rattrappite, il colorito di cenere. Il mio bel maestro.

Il mio bretone errante e scontroso che scriveva canzoni d'amore per me. Il mio amante di fuoco, che travolgendomi in un turbinio di vesti e di baci mi trascinava sul pavimento del refettorio del monastero dell'Argenteuil. Mio marito, mio padre, mio fratello.

Il mio indomito superbo Abelardo: sta per morire.

Pietro il Venerabile mi ha informato che il papa ti ha revocato la scomunica. Mi sono prostrata sul pavimento della cella, ho ringraziato il Signore con tutta me stessa.

Il monaco Teobaldo è venuto fin qui per annunciarmi che hai lasciato questo mondo il 21 aprile dell' anno 1142. Mi ha detto che la morte ti ha colto nel piccolo convento di St-Marcel, mentre scrivevi il *Dialogo tra giudei, filosofi e cristiani* e riguardavi l'*Expositio in Hexaemeron*, che hai dedicato a me. Mi ha detto che ti hanno lavato e rasato, rivestito di un saio pulito, sepolto provvisoriamente nel cimitero del monastero, dove sei stato trasportato in processione notturna mentre i quattrocento monaci della vicina abbazia di Cluny reggevano fra le mani un lume acceso, e pregavano. Mi ha assicurato che si prega ogni giorno per te, e che secondo l'usanza la tua quotidiana razione di vino verrà distribuita ai poveri per un intero mese. Dice che non possedevi nulla, se non i tuoi libri, che naturalmente saranno custoditi nella preziosa biblioteca dell'abate. Non mi ha parlato delle mie lettere. Dove sono le mie lettere? Hai conservato le mie lettere? Le hai distrutte? Io le ho tutte, le tue. Avvolte in un telo di lino ricamato, protette da una chiave e un sigillo, sono chiuse in un cofanetto di cuoio rosso che tengo gelosamente sotto il guanciale.

Ho chiesto al monaco Teobaldo, che ha già lasciato il Paracleto ed ora è in viaggio verso Cluny, di pregare Pietro il Venerabile perché mi scriva tutto quello che può dirmi della tua morte.

L'abate di Cluny ha iniziato la lettera con una frase gentile e delicatissima, parlandomi di te come «dell'uomo che mi appartiene».

«Sorella carissima» mi scrive «colui al quale fosti prima unita nella carne, e poi legata col nodo saldo e perfetto della carità divina, colui con il quale e sotto il quale hai servito il Signore, ora è tenuto da Cristo sul suo seno, al posto tuo, e come un'altra te stessa lo custodisce per te, perché alla venuta del Signore ti sia restituito al canto dell'arcangelo Gabriele e al suono della tromba di Dio.»

Ti descrive come un servitore di Dio, un vero filosofo di Cristo, che nei suoi ultimi anni di vita ha arricchito con la sua presenza Cluny di un dono più prezioso del topazio e dell'oro. «Tutta Cluny è concorde nel testimoniare la santità, l'umiltà, la devozione con cui egli visse qui tra noi» mi scrive. «Non ricordo di aver mai visto nessuno che si vestisse e si comportasse in modo umile come lui; quando ci sono certi monaci che a ogni costo pretendono che anche il saio dell'ordine che indossano sia ricco e costoso, lui si accontentava di una semplice tonaca di qualsiasi foggia, senza chiedere niente di più, e si sottometteva agli stessi rigidi principi anche per quanto riguardava il mangiare e il bere, e tutte le altre cure del corpo, e condannava con la parola e l'esempio tutto ciò che era non dico superfluo, ma non strettamente necessario. Ogni volta che poteva celebrava l'Ufficio Divino, offrendo a Dio il sacrificio dell'Agnello immortale. E da quando, per grazia apostolica, aveva ricevuto la revoca dalla scomunica, si comunicava quasi ogni giorno. Il suo pensiero, la sua lingua, la sua stessa attività, erano impegnate soltanto a meditare, insegnare, professare sempre cose divine, cose filosofiche, cose dotte.»

Mi ha informato che ti aveva ospitato nell'abbazia di Cluny fino a quando, vedendoti tormentato più del solito dal prurito e dalle altre malattie che ti affliggevano, non ti aveva mandato a riposarti nel monastero di St-Marcel, alla periferia di Châlons. «Gli avevo procurato un posto non lontano e separato dalla città soltanto dal fiume Arar, particolarmente adatto per l'amenità della contrada, un luogo fra i migliori della nostra bella Borgogna» mi informa ancora. «E per quanto gli era permesso dalla sua malferma salute, aveva ripreso gli antichi studi, stava sempre sui libri, non lasciava passare un momento senza pregare o leggere o scrivere o dettare. E mentre maestro Abelardo era preso da queste occupazioni, il Visitatore di cui parla il Vangelo lo trovò sveglio, ma veramente sveglio, e lo chiamò alle nozze dell'eternità perché, come nel caso della vergine saggia, egli aveva portato con sé la lucerna piena d'olio. E così, quando fu il momento di pagare il debito che tutti i mortali hanno contratto, la malattia si aggravò, e in poco tempo lo condusse alla morte. Con quali sante disposizioni, con quale devozione, con che spirito cristiano Abelardo abbia professato la sua fede e abbia confessato i suoi peccati; con quale desiderio e con quale slancio egli abbia preso il viatico dell'ultimo viaggio; con quanto fervore di fede abbia raccomandato a Lui il suo corpo e la sua anima, lo possono testimoniare, qui e nell'eternità, i suoi confratelli e tutta la comunità del monastero in cui riposa il corpo del martire Marcello. In questo modo ha finito i suoi giorni Pietro Abelardo. E, come bisogna credere, colui che era noto in quasi tutto il mondo, e ovunque famoso per l'eccezionale grandezza del suo insegnamento, buono e umile nella sua pazienza, ora è passato alla scuola di un altro Maestro che aveva detto: "Imparate da me che sono mite e umile di cuore".»

Ecco, mio bene: non sei più qui.

Ho scritto all'abate di Cluny ringraziandolo dell'assistenza e l'amore che ha dimostrato e dimostra sia per te che per me. Gli ho scritto chiedendogli di aiutarmi a esaudire il tuo ultimo desiderio, che è quello di essere sepolto qui al Paracleto e, disteso nel buio della tomba, attendere accanto a me il definitivo risveglio, quando squilleranno le trombe del giudizio divino. Vent'anni fa, quando mi chiedesti di seppellirti al Paracleto, ero ancora tanto lontana dall'idea della morte da provare orrore e spavento davanti al tuo desiderio. Ma oramai anche Eloisa è invecchiata: ho più di quarant'anni, non c'è più un filo d'oro nelle mie trecce da tanto tempo umiliate sotto le bende del velo da monaca. E come spesso accade alla donna cui muore l'amato compagno che, vivendo, l'aveva resa impaziente, irrequieta, insicura, ora sono diventata saggia, serena.

«È qui.»

Una monaca è scivolata dentro la mia cella per avvertirmi che stai arrivando. Dall'alto della torre campanaria ho seguito senza battere ciglio i quattro lumi vaghi e danzanti in questa notte senza luna; finché, come fantasmi, dalla fumosa penombra delle torce non sono emersi i monaci che hanno scortato e trasportato in segreto la tua spoglia bara di abete attraverso le vallate della Borgogna fino a queste lunghe colline dello Champagne. Dritta e placata, osservo il tuo avanzare incerto e diseguale. Tra poco scenderò la stretta e ritorta scala di legno, convocherò le mie consorelle, insieme raggiungeremo cantando la chiesa. Ho già fatto scavare la fossa che ti spalancherà le braccia nell'attesa che io mi distenda al tuo fianco. Perché se ne conservi certezza anche dopo di me, farò scolpire sulla tua pietra tombale il cartiglio sul quale Pietro il Venerabile attesta che la tua morte è avvenuta in grazia di Dio. Il generoso abate, al quale mi sono permessa di raccomandare nostro figlio Astrolabio perché lo aiuti a trovare una buona sistemazione in qualche abbazia cluniacense, mi ha scritto di aver informato il papa con queste parole: «Io Pietro, abate di Cluny, qui accolsi come monaco Pietro Abelardo, e ho permesso che il suo corpo fosse segretamente consegnato a Eloisa abbadessa del Paracleto, e alle sue monache, e con l'autorità di Dio onnipotente e di tutti i santi lo assolvo ufficialmente da tutti i suoi peccati».

Stai per tornare, e adesso è per sempre. Ti aspetto per l'ultima volta. Ma nessuna emozione scuote il mio cuore, che pure batte, è vivo. Non tremo, non conto più gli attimi che mi separano ancora da te. Non soffro più. Il testamento spirituale che mi hai inviato con la tua ultima lettera, l'estrema prova d'amore che ho atteso per tutta la vita, mi ha sciolto definitivamente dal bisogno di te. La dipendenza che aveva incatenato Eloisa ad Abelardo, annientandola, adesso è finita. Tutto oramai è compiuto, immutabile. Lo spazio si è dilatato in una dimensione senza confini. Il tempo è diventato eterno.

Ora Eloisa non ha più paura di camminare da sola. Io sono libera.

Eloisa è morta nel suo monastero il 16 maggio 1164 all'età di sessantatré anni, e per più di tre secoli è rimasta sepolta accanto ad Abelardo nella cripta del Paracleto. Nel 1497, trovando scandaloso che la coppia giacesse nella medesima tomba, il vescovo di Troyes li divise disponendo Abelardo alla destra del coro dell'abbazia, ed Eloisa a sinistra. Nel 1630, la badessa Marie de Rochefoucauld li fece trasferire sotto l'altar maggiore. Centotrentasei anni dopo, l'ultima badessa del monastero fece incidere questo epitaffio: *Hic sub eodem marmore iacent huius monasterii conditor Petrus Abaelardus et abbatissa prima Heloissa olim studiis ingenio amore infaustis nuptiis et poenitentia nunc aeterna quod speramus felicitate coniuncti.* (Qui, sotto la stessa pietra, riposano il fondatore di questo monastero Pietro Abelardo e la prima badessa Eloisa, un tempo uniti dagli studi, dal genio, dall'amore, da un infelice matrimonio, e dalla penitenza e ora speriamo dall'eterna felicità.)

Il Paracleto fu abbattuto nel 1792 dai rivoluzionari francesi. Il curato e i notabili di Nogent-sur-Seine vollero tuttavia salvare ciò che restava dei celebri amanti e riesumate le ossa, dopo una solenne processione, le nascosero nel sotterraneo della cappella di St-Léger separate da una lastra di piombo.

Luciano Bonaparte ordinò nel 1800 che Eloisa e Abelardo fossero trasportati nel giardino del Musée Français di Parigi.

Dal 1817 riposano insieme nel cimitero del Père-Lachaise.

Di Eloisa ci sono pervenute quattro lettere, mentre sette sono quelle di Abelardo.

«Per amore»
di Edgarda Ferri

Arnoldo Mondadori Editore S.p.A.

Questo volume è stato impresso
nel mese di ottobre dell'anno 1998
presso lo stabilimento Nuova Stampa di Mondadori - Cles (TN)

Stampato in Italia - Printed in Italy